UN CHIEN
DE MA CHIENNE

Mandalian

UN CHIEN
DE MA CHIENNE

Roman

Nous remercions le Conseil des Arts du Canada de l'aide accordée à notre programme de publication, et la SODEC pour son appui financier en vertu du Programme d'aide aux entreprises du livre et de l'édition spécialisée.

Nous reconnaissons l'aide financière du gouvernement du Canada par l'entremise du Programme d'aide au développement de l'industrie de l'édition (PADIÉ) pour nos activités d'édition.

Gouvernement du Québec – Programme de crédits d'impôt pour l'édition de livres – Gestion SODEC

Illustration de la couverture : Caro Caron
Conception graphique de la couverture : Marc-Antoine Rousseau
Composition typographique : Nicolas Calvé
Révision linguistique : Annie Goulet
Correction d'épreuves : Marie Markovic

© Mandalian et Coups de tête, 2009

Dépôt légal – 1er trimestre 2009
Bibliothèque et Archives nationales du Québec
Bibliothèque et Archives Canada

ISBN 978-2-923603-13-1

Diffusion au Canada : Diffusion Dimedia

Diffusion en Europe : Le Seuil

Imprimé au Canada sur les presses de Transcontinental Métrolitho

Catalogage avant publication de Bibliothèque et Archives nationales du Québec et Bibliothèque et Archives Canada

Mandalian, 1969-

Un chien de ma chienne

ISBN 978-2-923603-13-1

I. Titre.

PS8626.A519C44 2009   C843'.6   C2008-942590-1
PS9626.A519C44 2009

I was happy once, but I'm alright now.
Jann Arden

Dans trois.

Au fond du lit, drap gris de coton qui a vécu, informe masse de tissu avec un pied tortueux qui en sort. Un pied velu, corné, rugueux, tête de tortue irradiée qui repose sur la toile du matelas défoncé. Pas de tête.

À quelques centimètres, distanciée du tas chiffonné, lovée sur le plâtre rouge bœuf, quêtant quelque fraîcheur à même le mur, une bête nue. Son bassin pressé sur la paroi, sa main, son avant-bras, le bout du sein gauche également, à plat sur la cloison verticale. La tête, méduse noire tressée en boudins effilochés, repose sous le deuxième avant-bras. Pas de visage.

Difficile de croire. Toujours difficile d'imaginer ces deux corps, recroquevillés à cet instant dans leur solitude propre, embrasés plus tôt dans la nuit, glissant, luisant, gémissant sourdement l'un sur l'autre. Cabale d'imprécations animales. Terminée. Retour aux petits gestes du sommeil, bêtes vivantes au repos, indifférentes. Respiration, déglutition, humidification.

Brise. Par la fenêtre grande ouverte, aux moustiquaires défoncées, cadre écaillé, un souffle tiédasse se fraie un chemin jusqu'aux dormeurs. Mouvement. Réponse motrice inconsciente des membres provoquée par la stimulation sensorielle.

Dans deux.

Comme un chien qui veille, le cartilage de l'oreille, présenté au plafond, s'est imperceptiblement déplacé. La mouche modifie sa trajectoire au-dessus de la bête nue. Deux étages plus bas, cliquetis de métal répercuté dans la ruelle. Son rebondissant à l'intérieur du rectangle de tôle, entré direct comme une balle dans la chambre. Simultanéité. Le globe glisse sous la paupière. Résonance de gong pour un murmure de chat. Les muscles sont en éveil. Tension immobile. La bête nue épie. Dormait-elle seulement vraiment. De nouveau le son. Différent. Plus net? Mensonge des sens.

Dans un.

Elle s'est retournée. Sans contact avec le tissu du drap, pas de bruit. Pour l'œil, la toison, noire, hirsute, crépue, qui mange l'intérieur des cuisses. Pour la langue, la goutte qui descend capricieusement du repli supérieur de l'aisselle vers le mamelon, auréole brunâtre s'étalant pratiquement sur toute la surface du sein jusqu'à toucher le sternum. Pour la narine, le parfum lourd montant de la toison, des aisselles. Capiteux parfum qui attise l'instinct.

Le visage. Fermé. Englouti dans l'écoute. La main glisse sur le lit poisseux, rejoint le coin supérieur du matelas. Puis revient, suspendue au-dessus du ventre strié d'ecchymoses. Muscles de l'abdomen bandés, cuisses luisantes bien écartillées comme une chienne prête à accoucher dans la moiteur du matin. Cou tendu, veines offertes au sacrifice. L'air à peine déplacé, derrière le cadre de la porte. Le souffle pressenti.

Zéro.

Polaroïd sanglant, instantané mortel. Il est apparu dans l'embrasure, le Serpent glissant dans l'ombre. Volé en morceaux. La bête a crié en déchargeant, à peine rajusté son tir plus bas pour atteindre le tronc lorsqu'il s'est engagé dans le cadre de la porte. A touché la carotide par hasard. Jet coloré. Le claquement des coups résonne encore, secoue l'aube prolétaire, vole sur la tôle des bâtiments avoisinants. *Good morning America*. L'homme-serpent est mort. Ce n'est d'ailleurs pas un homme. L'enfance refoule vers son visage. Serein dans la mare de son sang noir. La Bête approche son gibier, promène la main sur un mollet encore tressaillant. Ramasse une douille. Encore une journée de gagnée.

Le corps étendu sur le lit, sous le drap, n'a pas bronché. Normal, son cervelet est collé au mur. Elle tire sur sa robe de coton fleuri retenue par le pied cornu. Cherche ses bottes. Elle est partie, en laissant derrière elle un tableau d'une inquiétante sérénité.

PREMIER AMOUR

SUIS SORTI griller ma dernière cigarette. Ouvert la porte d'urgence au fond d'un couloir crasse éclairé au néon rouge. Ai laissé ma botte dans l'embrasure. En soufflant la fumée, tête renversée, l'ai aperçue. Pas son visage tout de suite. Ses longues jambes nues d'abord, à l'étage du dessus, et à chaque marche de l'escalier colimaçon, sa chatte noire sous les volants d'une robe d'été jaune. Une fille qui descend l'escalier de secours à sept heures du mat' sans petite culotte éveille toujours ma curiosité. Elle ne m'a pas adressé de regard. Je bloquais les dernières marches. Elle a fixé des yeux mes jambes comme si elle envisageait de sauter, puis s'est redressée. Comme un chat qui tend l'oreille.

Quelques secondes plus tard, le reflet d'un gyrophare bleu et rouge dans la vitre lourdement grilla-gée du sous-sol, à l'orée de la ruelle. Les flics. Quoi d'autre, une descente de flics. Manquait plus que ça pour éterniser ma fin de nuit.

Elle s'est aplatie contre moi et s'est faufilée à l'intérieur en écrasant d'une lourde botte à cap d'acier mon pied qui retenait la porte. Son odeur de musc m'a chaviré. L'ai suivie. Soupirant.

On a eu le temps d'entrer dans la salle. Vaste local désaffecté d'une manufacture abandonnée dont les murs suintaient l'humidité des danseurs. La musique achevait d'hypnotiser la cinquantaine de marathoniens éparpillés au centre de l'espace. Des corps gisaient un peu partout sur le parcours, extatiques, hilares, languissants ou simplement crevés. Elle semblait dans son élément. J'aurais pourtant juré ne pas l'avoir vue de la soirée. Une fille comme ça. Je l'aurais remarquée. Sa robe jaune sans doute. Sa tignasse. Non, plus que ça. Sa démarche forte, masculine, qui dément l'enrobage féminin. Du muscle, de l'avidité, de la détermination. Une danseuse sûrement. Une fille de cirque peut-être. Une bête assurément. Une érection se pointait lorsqu'ils ont commencé à s'infiltrer par la porte avant.

Elle s'est arrêtée sec. Au milieu de la piste de danse, en même temps que l'assourdissante techno. Un murmure de protestation s'est propagé dans l'assistance. Au moment où un flic prenait possession du micro aux tables du DJ, elle a discrètement pris ma main. L'a guidée lentement sous sa jupe directement sur la peau de sa fesse. Lovée contre moi, remuant du bassin, elle m'a fourré la langue au fond de la gorge. Je ne me pose plus de questions sur les motivations femelles passé une certaine heure. J'ai répondu. Léché le lézard rouge qui grimpait dans son cou.

N'eût été de la main qui tapotait en insistant sur mon épaule, nous serions passés aux choses sérieuses, là-bas dans le couloir. Mais la jeune femme, fraîchement arrivée du monde réel, qui sentait le café et le réveil athlétique, bien repassée avec sa matraque et ses cheveux blonds lissés, nous a interrompus.

Ils ont séparé au mieux de leur connaissance les femmes des hommes et ont procédé à une fouille corporelle après un questionnaire se résumant à notre identité. Pour la plupart sans papiers, l'attente sous les néons s'est éternisée. Les cellulaires fonctionnaient à plein régime. Pour rien. Juste attendre que ça passe, quoi d'autre. Je la cherchais des yeux mais le groupe des filles était trop compact.

Un mouvement chez les policiers une heure et demie plus tard. Un supérieur hiérarchique qui donne quelques ordres de l'embrasure de la porte. Ils nous ont laissés partir, comme ça, sans explication. Sans complication. Mis à part un ou deux types identifiés pour quelque autre délit. En sortant, j'ai remarqué des agents de la force et de l'ordre qui montaient à l'étage par les escaliers de service au pas de course. L'attention semblait s'être déplacée vers un autre point chaud du bâtiment. Un accident peut-être. Un fêtard aventureux, des drogués surchauffés. Qui sait.

Heureux de retrouver mon vélo au coin de la rue déserte. En attachant ma veste, je dévisageais les groupes bigarrés qui sortaient en se protégeant les yeux de la lumière crue du matin. Pas de trace de ma flamme.

Trop tard pour la héler, au coin de la rue déjà, cent pieds plus loin, la robe jaune a flotté comme pour me narguer. Elle marchait en retrait d'un groupe bruyant au tracé zigzaguant. On aurait pu croire qu'elle les accompagnait. Mais sa démarche assurée de chat de ruelle la trahissait. Elle squattait leur sillage pour donner le change, rien de plus. Ils ont intercepté un taxi trôlant à basse vitesse. Elle s'est engouffrée à leur suite dans la voiture et a disparu. Elle, ses jambes nues, sa robe jaune, son corps athlétique et sa chatte sauvageonne. Sans réfléchir, j'ai suivi. Sans réfléchir. Premier amour.

SHERBROOKE - GRIS ET ROUGE

Sur le gravier, face à la gare d'autobus de Sherbrooke, un bâtiment, allure années cinquante estimerons-nous, réfrigéré. Étais seul dans la chaleur humide de midi à regarder les quelques passagers à l'intérieur profiter de l'attente au frais. Ma cigarette goûtait le décalage horaire.

La nuit blanche avait fait sentir ses effets sitôt le pont Champlain traversé. À peine eu le temps de voir la grande muraille de Brossard. Muraille fascinante érigée autour de cette ville-champignon pour étudier l'effet des antidépresseurs dans un parc d'habitations unifamiliarisées. Ou n'est-ce en fait qu'une gigantesque ville-pouponnière, là où on élève dans les ouate, mélamine et gazon réglementaires ce fameux grand public. Le roulement de mammouth de l'Express Sherbrooke a eu raison de mes élucubrations en me plongeant dans un sommeil noir.

Ma dernière image semi-consciente : la robe jaune s'engouffrant dans la gueule ouverte d'un autobus de voyageurs. Quai numéro treize. Attacher ma bécane avait irrémédiablement creusé l'écart entre nous. De la troisième fenêtre, nos regards se sont croisés, sans expression, sans un mot, comme si elle acceptait déjà tacitement qu'un lien entre nous se tissait. Fiévreux, ai décidé de prendre le bus suivant. Même si une heure de décalage nous séparerait. Sherbrooke, me suis dit, c'est une petite ville. Une fille comme ça, sûr qu'on se retrouve. Toute façon, ma journée était foutue. Après une nuit blanche, suis bon à rien. Autant en faire quelque chose d'exotique, possiblement d'érotique.

Mes deux pieds qui commençaient à sentir le caoutchouc chauffé m'ont ramené à moi. Crevé, affamé, me suis décidé à appeler d'abord les copains. Pas de trace de la belle. Fallait s'y attendre. La nuit la ferait sortir. Et ici, avec un peu de détermination, on se croiserait. Pas le choix.

Suis monté chez Pierre Goyette, rue Wellington, juste à côté. Encore heureux de ne pas avoir eu à passer sur l'affreuse rue King qui éventre la ville jusque dans ses replis anciens. Le huit-pièces auquel on accède par un escalier aux perspectives cubistes, quelques poutres au-dessus d'un bar-spectacles, était silencieux. C'était encore l'aube pour ces oiseaux rares malgré le mitan de la journée.

J'ai frappé du plat de la main en hurlant : « GRC, ouvrez ! » La réponse tardait à venir. J'ai rectifié légèrement : « Vous êtes pas tannés de dormir bande de caves ? ». Cette fois, des pas, puis la porte a tourné sur ses gonds.

L'odeur sautait au visage dès l'entrée. Mélange de moiteur du sommeil, d'haleine fétide d'alcool cuvé, de bottes béantes libérées des pieds suants, elle flottait dans l'espace, échappée des portes de chambres entrouvertes, jusque dans le corridor.

La personne qui a ouvert s'est réfugiée dans la salle de bains. L'eau coulait. On entendait des froissements de draps, des corps ankylosés qui remuaient graduellement. Il faisait noir comme dans une salle de cinéma, malgré le soleil tapant.

Me suis dirigé vers la cuisine. Connaissais cet endroit mieux que moi-même. Égrené mes années de cégep ici. La nature morte qui s'offrait à moi, celle d'une fin de soirée bien arrosée, me plongeait dans une certaine nostalgie.

Les visages fripés aux corps lents ont commencé à défiler dans le cadre de la porte. Salut de la tête ; la parole n'était pas encore en fonction. Ne reconnaissais personne. C'était sans importance. Probablement un groupe de musiciens et leur entourage montés achever la nuit après leur performance.

Une demi-heure plus tard, une fois les présentations faites (Cynthia, Pinotte, Gros Louis, Annabelle, Bertrand, Alex, Corine, tous entassés autour de la table), le courant a recommencé à passer. Et c'était reparti. Les cafetières se sont succédé. On rallumait les mégots. Les besoins vitaux ont provoqué les premiers plans de la journée. Pain, cigarettes, journaux. Des volontaires ont été désignés. La douche ne dérougissait pas. La musique est montée d'un cran. Les rideaux se sont ouverts. Les échanges verbaux se sont faits plus cinglants. La vie reprenait ses droits.

Mon esprit s'envolait constamment vers elle. M'attendais à tout moment à la voir sortir d'une des chambres. Dans mon fantasme, elle ne portait que mon t-shirt. Elle apparaissait jambes nues dans le cadre de porte, en laissant deviner sa toison à chaque respiration. Je ne réagissais pas. Je la savourais.

— C'est dangereux de tomber dans la lune, tu pourrais revenir à toi dans quelques années, chauve et bedonnant.

Goyette. Mon vieux. M'a pris la cigarette des doigts, sourire en coin, pour tirer un peu de poison. Accolade virile. Les autres nous regardaient. Il a laissé tomber :

— Ça fait longtemps.

Réponse :

— Ouais.

Pour épater la galerie et me présenter aux autres, il s'est lancé dans le récit d'une de nos mémorables soirées de poker, qui s'était terminée au poste de police : moi, nu comme un ver, et lui, dans un état proche du coma éthylique. La compagnie l'a écouté presque poliment. Pour dissiper l'ambiance *le-vieux-se-rappelle-ses-bons-moments-du-temps-jadis*, Goyette a proposé de monter sur le toit, boire les cafés au soleil. Tous se sont levés d'un bond enthousiaste. Vacarme de chaises égratignant le plancher.

On accédait au toit par un escabeau de bois posté en permanence sous une trappe au plafond. Du minuscule grenier on devait enjamber ensuite une lucarne et on se retrouvait sur un espace de gravelle jonché de caisses de lait en plastique, de bouteilles de bière vides et d'un brasero calciné jusqu'à la moelle. Chacun s'est trouvé une place pour se prélasser sous le soleil qui tapait.

La dénommée Cynthia est débarquée la dernière. Elle peinait à passer le rebord de la fenêtre. Je me suis approché pour proposer galamment mon bras. La petite, avec ses cheveux rouges, son regard vif et sa poitrine menue moulée dans un t-shirt usé à la corde avait attiré mon attention plus tôt. Elle m'a remercié en me tendant deux quarante onces de vodka qui menaçaient son équilibre, vu les verres dans l'autre main. L'ai regardée un peu surpris. Elle a annoncé à l'intention de Goyette :

— Rose vient de débarquer avec des provisions.

Mon regard s'est immédiatement posé sur lui : pas elle, pas encore ! Pas Rose-la-catastrophe ! L'hystérique apocalyptique. Cet amour malsain — qui de toute évidence perdurait — nous avait valu jadis nombre de scénarios de série B. Combien de mois passés en colocation à l'écouter se lamenter, à jurer qu'il la quitterait demain malgré ses menaces de suicide ? Et puis les suicides ratés pathétiques, les mutilations théâtrales et ses remords coupables lorsqu'il revenait à ses côtés. Ses *mais-elle-a-vraiment-souffert-tu-sais*, *c'est-quelqu'un-de-complexe*, *elle-a-changé*, etc. Et tous les clichés. Rose. Six ans plus tard, toujours là. Il m'a répondu d'un hochement de tête fataliste avec un sourire en coin. Il était encore excité qu'elle soit là, ce con.

Là, sur-le-champ, j'aurais foutu le camp. Mais l'issue unique m'obligerait à la croiser. Ai décidé de prendre une pose ironique et de voir la suite. Cynthia a fait circuler les verres jetables. Elle a versé la vodka — ô horreur ! — chaude. On entendait un barda d'enfer monter de la pièce du dessous. Rose est arrivée. Elle a pointé son nez dans la lucarne ; elle avait un air pendable de fillette de cinq ans qui vient de piler sur la queue du chat.

— S'cuse-nous, Pierrot, on a un peu sali l'appart en entrant.

Goyette s'est levé, s'est approché et l'a aidée à passer par la fenêtre. Lorsqu'elle a croisé mon regard en se redressant, elle a lâché un « Ah, salut... » empreint d'un ennui pas du tout dissimulé. Mais vite son excitation lui est revenue lorsque Goyette lui a demandé ce qu'il y avait dans le sac d'épicerie en papier qu'elle traînait.

— Des bonbons pour tout le monde ! Hey ! *Trick or treat !*

Et, plongeant les deux mains dans le sac, elle a lancé au ciel, à pleines poignées, en gerbes colorées, de multiples boîtes, paquets, flacons qui sont retombés sur le sol comme un feu d'artifice un peu raté. Une panoplie complète de médicaments sous toutes les formes possibles gisait autour d'elle. Sirops codéinés, amphétamines bleu-rouge-vert-jaune, Valium, Ativan, Dilaudid 4 mg, relaxants musculaires : Pinotte dressait la liste à voix haute en se réjouissant comme un enfant qui vide son bas de Noël. Tout à coup, le surnom de ce type malingre et verdâtre commençait à faire sens. *Pinotte.* Pilule. Spécialiste de la pharmacopée d'appoint du polytoxico. Cynthia s'est approchée, intéressée par l'arrivage. Elle a clamé :

— Ok ! *It's cocktail time !*

Rose a semblé satisfaite de son effet. Goyette l'interrogeait sévèrement du regard. Elle a répondu en petite fille du pensionnat :

— Quoi ? On est allés chez le docteur...

Toute sensualité dehors. La pointe du soulier jouant du gravier, provocante.

Détournant la tension, un type s'est frayé un passage par la lucarne en traînant de toute évidence un objet lourd qui ne passait pas le cadre. Après plusieurs essais infructueux, il a lâché prise et est sorti en abandonnant l'objet à l'intérieur.

Le grand Jacques est apparu, rockabilly indécrotable, au look parfait, tellement intégré qu'on aurait juré qu'il avait créé le genre. Pas comme ceux qui portent des bananes de mascarade. Non, Jacques vivait en bad boy depuis presque dix ans maintenant. Ses tatous, ses bagues, son jeans bleu retroussé aussi soigneusement que les manches de sa chemise, ses favoris roux et ses Creepers noirs formaient un tout avec sa musculature découpée. Son regard franc oscillait entre bonhomie et folie furieuse. Il a salué Goyette en lâchant :

— J't'ai apporté un barbecue flambant neuf, mais va falloir le démonter pour l'installer ici.

On commençait à comprendre qu'ils étaient allés chez le docteur dans sa maison, et qu'ils avaient ramené quelques douceurs bourgeoises. De la pharmacie en passant par le bar, le patio...

— Y reste du stock en bas, mais ce sera pas pour très longtemps.

Goyette a acquiescé d'un mouvement de la tête où je pouvais quand même décoder un léger souci. Lorsque Jacques m'a finalement aperçu, il a explosé. C'est vrai que ça faisait un bail. Il m'a étourdi de questions auxquelles, je présumais, il n'attendait même pas de réponse. Ma vie à Montréal, mon hygiène sexuelle, ma dernière et très lointaine blonde, qu'il avait connue. Lui ai répondu en synthétisant la nuit dernière qui m'avait mené jusque-là. Soirée assez réussie mais longuette, et surtout rencontre avec cette fille sans culotte, descente de police, course vélo/taxi et, finalement, autobus pour Sherbrooke. Goyette, qui écoutait, a éclaté de rire :

— Mené par ta queue jusqu'ici ! Wow, c'est pas pire, ça.

Jacques est resté songeur. Sur ce est arrivée Cynthia avec trois verres de plastique contenant une douzaine de pilules multicolores chacun. Jacques a pris le sien, a évalué d'un doigt connaisseur le dosage de gélules diverses et a soufflé à l'oreille de la serveuse une demande spéciale de modification. J'avais le mien entre les mains et, franchement, je ne savais pas quoi en faire. L'aspect suicidaire de la chose probablement. Goyette a résolument posé le sien sur la rambarde du toit. N'a jamais prisé le chimique. Jacques a reçu des mains de la rouge serveuse son cocktail aux couleurs agencées selon ses directives et l'a avalé méthodiquement à grosses gorgées de vodka directement du goulot. Ne me sentais pas l'expertise pour suivre. Il a examiné le contenu de mon verre et m'a judicieusement aiguillé.

— Prends le speed, laisse faire le reste ; si t'as pas dormi depuis un bout, c'est juste ce que ça te prend.

Ai avalé les trois comprimés en question, bêtement rassuré. Le groupe s'est dispersé d'instinct, chacun dans son coin, en attente de l'effet magique. Les conversations étaient feutrées, amicales. Gros Louis jouait de la guitare. Anabelle dessinait méthodiquement avec des graviers sur le mur. Rose complotait avec Cynthia.

Ai repris ma conversation avec Jacques pour le ramener à la fille. Mon intuition me disait qu'il la connaissait. Sortant d'une réflexion intérieure profonde, il m'est revenu.

— Je veux pas te lancer sur une fausse piste. Des filles en feu, y en a des centaines. Mais c'est juste qu'en t'écoutant… si elle vient de Sherbrooke, qu'elle a l'allure que tu me décris et que c'est la personne à qui je pense, j'te dirais de laisser faire, man. C'est pas pour toi.

— Et à qui tu penses, le conseiller matrimonial ? est intervenu Goyette, curieux.

— À… tsé la fille, là… l'espèce d'intense avec les dreadlocks, un lézard tatoué dans le cou… On l'a croisée sur la Well, le printemps passé…

Sa description du lézard, détail que j'avais omis, a laissé courir un frisson sur mon échine.

— Ah, elle ! a lâché sur un ton dégoûté Rose qui passait près de nous. Pourquoi tu parles d'elle ? Rose s'est étouffée de rire, pour rien. Tu veux la matcher avec François ?

J'ai cru l'entendre ajouter à l'intention de Cynthia : « Ce serait bien fait pour lui. »

— Francesca, son nom, a enchaîné Jacques en tournant le dos aux sarcasmes des filles.

— Connais pas, a fait Pierre.

— Bon, bon, mais c'est qui alors ?

Commençais à m'énerver de la lenteur du processus.

— Ah... c'est une fille que je connaissais dans le temps. Méchante folle. Mais on se parle plus. J'parle pas au monde qui s'frotte aux Hell's. J'ai eu ma leçon.

(Jacques s'est fait démolir salement il y a cinq ans, assez pour faire quelques mois de réhabilitation, apparemment parce qu'il refusait de leur donner le pourcentage réglementaire de ses recettes de revendeur.)

— Mais elle fait quoi pour les Hell's ? Elle vend de la dope ? Elle danse ?

Cette dernière option me semblait toutefois peu probable, vu son type physique peu conforme aux canons du genre.

— J'ai-tu dit qu'elle *travaillait* pour eux ? Non, je sais pas. En fait, je dis ça, c'est à cause d'une vieille histoire qui circule à son sujet...

Mes jambes commençaient à flageoler sans raison, peut-être le soleil qui tapait, ou le manque de sommeil ; me suis assis sur une caisse de lait et en ai tiré une à l'intention de Jacques pour écouter les belles histoires du temps jadis... Goyette, visiblement ennuyé par la conversation, nous a quittés pour réintégrer l'appartement.

— J'avais une amie... Suzie... c'était y a peut-être six ou sept ans de ça... qui avait entendu parler d'un gars qui payait des voyages gratis en Jamaïque et mettons cinq mille piasses au retour.

— Des mules, quoi.

— Ouais. Faque elle s'est fait engager et elle est partie avec son amie, la fameuse Francesca. Parce qu'il fallait être deux, je sais plus pourquoi. Pour en ramener plus, j'imagine, ou pour être moins suspectes. Anyway... Elles passent deux semaines sur la beach avec des rastas, tout est beau : booze, bronzage, *sensimillia* à volonté. Le gros trip. Sauf qu'arrive l'heure du départ, elles ont leurs paquets préparés dans des condoms et tout, mais Suzie trouve plus son billet d'avion. C'est compliqué avec la compagnie, elle est obligée de rester deux jours de plus. Francesca, elle, part comme prévu. Sauf que Suzie apprend le lendemain par une amie qui la contacte que Francesca s'est fait arrêter à son arrivée à Toronto. Les douaniers se sont jetés sur elle direct, un peu comme s'ils l'attendaient... Paniquée, Suzie annule son vol et prend plutôt à ses frais un billet direct sur Montréal, sans la marchandise bien sûr.

— Et Francesca, alors ?

— C'est là que ça devient intéressant, mais c'est peut-être juste une légende urbaine... quoi que je la tienne directement de Suzie... c'est pas comme si c'était la troisième cousine germaine de sa tante qui me l'avait conté...

Mon sourcil interrogateur a suffi à le faire continuer.

— Comme de fait, Francesca a été arrêtée et jugée. Mal défendue, et malgré le fait que c'était une première offense, elle a pris trente-six mois. C'est énorme, quand même. Pas de circonstances atténuantes, tolérance zéro. La rumeur à l'époque donnait les Hell's pour responsables du sacrifice aux douaniers de leurs deux mules — pour qu'un plus gros arrivage passe sans se faire repérer. Un coup classique. Mais plutôt humiliant pour les filles. La Francesca l'a pas tellement bien encaissé. Tellement pas, en fait, qu'à sa sortie elle a remonté la filière jusqu'au coordonnateur des opérations. Elle s'est pointée dans une de leurs réunions, a passé le contrôle et a réussi — on sait pas comment — à pointer un gun dans la face du responsable de son année en d'dans. Je sais pas si t'imagines, mais c'est plus qu'un suicide, ça, c'est un triple salto direct dans la marde. Une dizaine de monstres armés en pleine réunion ultra confidentielle qui se font menacer par une petite fillette de vingt ans... C'est pas leur genre d'humour. Déjà quand tu leur fais rien, t'es juste un moustique qu'ils écrasent d'un coup de tapette, alors j'imagine comment ils te reçoivent quand t'exiges des excuses à la pointe d'un canon. Personne sait vraiment comment ça s'est terminé. Mais le fait *est* qu'elle est toujours en vie et que je l'ai vue sortir d'un bar de danseuses qui leur appartient il y a six mois... et qu'elle travaille pas là. Alors je sais pas, mais elle est liée avec eux d'une manière ou d'une autre...

J'étais scié. Difficile d'évaluer sur le moment si l'histoire me refroidissait. Remarquant mon silence, Jacques a ajouté pour me rassurer :

— Mais comme je te disais, t'as ben des chances que ce soit pas elle. Des filles en feu avec des dreadlocks, t'en as à tous les coins de rue.

— Peut-être, mais avec dans le cou un lézard... rouge, hein ?

Mon sourire complice a fait hocher Jacques de la tête. Découragé, il a marmonné à mon intention :

— Merde. Laisse faire, mon gars, oublie. Pogne la petite Cynthia si t'as besoin, elle est pas pire, et elle te fera pas chier. J'te jure, tu veux pas être mêlé ni de proche ni de loin à ce monde-là. Même du bout de la queue, crois-moi.

Ai acquiescé mollement et, sur un ton d'enfant gâté :

— Mais moi, c'est pas Cynthia que j'veux.

— Fais pas le con, a-t-il ajouté, plus ferme.

Le souvenir de la main de Francesca guidant la mienne directement sur la peau de sa fesse nue remontait. Il se juxtaposait avec une vision, tout aussi érotique, de sa main armée pointant un calibre sur la tête d'un gros lard suant. Je voyais son bras musclé tendu, son épaule découpée et le lézard rouge battant au rythme de sa respiration chargée. *Francesca.* Pierre est revenu d'en bas avec des restants de pizza. Ai perdu l'équilibre en me relevant.

ENTREZ DANS LA DANSE

QUAND ÇA COMMENCE. Quand ça commence. Quand ça commence c'est dans le sang qu'on le sent. Le sang se met imperceptiblement à bouillir, à frémir, le moment juste avant le sifflet de la bouilloire. Sur la peau de microscopiques bulles émergent de l'épiderme. On aimerait les attraper, les crever ; elles demeurent invisibles. Le courant dans les veines s'inverse, le sang coule dans l'autre sens. Quand ça commence, le sang récalcitrant, ça monte à la tête. La tête se congestionne. Le mouvement du corps se pointille. On bouge en pointillé.

Flou. On préférerait être mou, flou. Mais on est dur, le muscle comme la pierre. Gnas. Juste la poudre à canon dans le cervelet, on dirait, on penserait, pourrait nettoyer, rétablir l'ordre du sang dans les veines. Détendre le corps. Dé-tendre le corps.

Le cri reste à l'intérieur. Les neurones s'activent mais empêchent le cri. On bouge pour faire diversion. Diversion de son propre corps. Ne pas penser. Tromper son propre cerveau? Mais on bouge et ça se déclenche. Une armée de papillons noirs aux ailes pointues partent en vrille de l'œsophage vers les intestins. Détruisent tout sur leur passage. L'estomac se convulse.

Puis les pensées arrivent. Découpées. En petits morceaux. Elles rebondissent sur les parois du crâne. Prisonnières, incomplètes, elles tourbillonnent à l'intérieur sans se fixer. Mouvantes, glissantes, *in*-finies. Elles s'agglutinent derrière les tempes, resserrent les arcades sourcilières en tirant sur des fils invisibles. Quand ça commence, la circulation du chimique dans les veines, on sait qu'on ne dormira pas. Et l'angoisse des heures qui viennent nous ligote sur place. À moins de s'occuper. Entrer dans la danse.

Goyette a mangé les restes de pizza froide. Rose aussi. Jacques souriait d'un air béat entre deux conversations molles. Le dénommé Pinotte, appuyé d'un pied sur la rambarde, s'acharnait frénétiquement sur deux accords de guitare. Ambiance. Ai vu en accéléré arriver le soir chargé de lourds nuages noirs. Mon mantra intérieur se résumait à un seul prénom. Me le répétais inconsciemment en scrutant les édifices environnants.

Sur le toit gisaient, brûlés par le soleil, les corps de Cynthia, d'Annabelle, de Bertrand et de Gros Louis, recroquevillés çà et là directement sur la roche concassée, plongés dans le sommeil sans rêve des Ativan. Les autres : disparus. Les bouteilles à moitié vides du bon docteur formaient un tracé cabalistique entre les corps. La torpeur envahissait l'espace, insidieusement. Je ne tenais pas en place. N'arrivais pas pour autant à me décider. Sortir de là. Oui. Mais faire quoi ?

La proposition de Goyette est tombée comme une délivrance. Une fête en campagne. Une cabane au fond des bois. Des amis qui célèbrent une fin de corvée. Des gens, de l'espace, de l'air. Quelque chose à faire.

On a tous sauté sur l'idée. Tous ceux qui tenaient encore debout. Ceux qui étaient assommés par les comprimés puissamment somnifères ne bougeraient pas le petit doigt avant quatre ou cinq heures. Dans un élan humanitaire, nous les avons tirés et regroupés sous une bâche accrochée à la lucarne en un auvent précaire. En cas de pluie. Quand on a déplacé Gros Louis, le plus volumineux des quatre gisants, il a grogné. S'est lentement redressé en lâchant un rot digne d'un ogre en fin de digestion d'une classe de maternelle. Ça a détendu l'atmosphère et créé un appel d'air à la réalité. En titubant, il nous a suivis vers la sortie. L'excitation était de retour.

Ai eu une pensée pour la belle dont je m'éloignais. La nuit est longue, me suis-je rassuré. Y reviendrai. Pour l'instant, nous étions un groupe trop homogène pour que je pense à me détacher en électron libre. Lisant mon hésitation, Jacques m'a pris par le cou en me susurrant : « Non, non, tu viens avec nous, c'est une très bonne chose pour toi. »

Dans l'appartement, un bric à brac d'équipement de sport nous barrait le passage. Sacs de golf, planche

à voiles, patins, le barbecue. Goyette a foudroyé
Jacques du regard pour la seconde fois en s'esquin-
tant un genou sur un canot, dans l'entrée.

— Demain, Jacques, demain. Pas plus tard.

Celui-ci a acquiescé sans être très convaincant.

Me suis engouffré sur la banquette arrière du
Bonneville gris et rouille entre Gros Louis et Jacques.
Rose, en fille, s'est attribué d'office le privilège de
copilote à la droite de son Pierrot — dit Goyette
pour les autres. Pinotte a écrasé son visage, livide
avec des pustules rouges phosphorescents, sur la vitre
après s'être jeté bruyamment de tout son long sur
le capot arrière. M'a laissé une palpitation au cœur
qui a mis au moins un kilomètre à se stabiliser. En
sacrant, on s'est pilé dessus pour qu'il fasse entrer
son corps trop long. Fenêtres grandes ouvertes pour
laisser dépasser les membres de trop, la Bonneville
a pris la clé des champs.

La King n'a jamais été aussi longue. Éblouissante
de néons, de feux jaunes et rouges, de phares dansant
sur les pare-chocs. À la station service, me suis
enfoncé dans ma veste. La violence crue de la
lumière. Horreur de cette aberration d'urbanisme
sauvage à l'américaine : des parkings, des néons, des
centres d'achat, du béton, de la marde en béton.
Après un jappement unanime, Rose a hérité des
caisses de bière à ses pieds.

La Bonneville a poursuivi sa route. Les lumières
s'estompaient. Suis remonté graduellement à la surface. Croyais reconnaître des lieux, puis non. Tout
était un peu flou. Le corps de Jacques me chauffait

désagréablement. Mou et chaud comme un torchon mouillé. Goyette roulait à tombeau ouvert sur un chemin de campagne noir. Il doublait chaque petit point rouge qui apparaissait à l'horizon en zigzaguant sur la ligne jaune. Les phares blancs en contresens écrasaient leurs klaxons de temps en temps. Ce qui le remplissait de joie pure. La musique enterrait ses cris, mais on devinait dans le coup de poing qu'il assénait au plafond qu'il était heureux.

Ai pensé à la mort, cette fois-là. Pas peur, juste fataliste. Voyais les camions, dix-huit roues chargés à bloc de bois, foncer sur nous. Calculais cent quarante kilomètre heure fois quarante onces de vodka. Pressentais les yeux d'un chevreuil au milieu de la route ou, mieux, le cul d'un orignal. Avais lu quelque part — toutes ces données inutiles que l'on cumule sans en connaître véritablement la source — qu'en cas d'impact valait mieux ne pas contracter les muscles. Ai tenté de me détendre en estimant que le gros Louis m'amortirait. Les autres se concentraient sur la musique assourdissante qui remplissait l'espace.

Goyette a écrasé le frein pour prendre soudainement à droite. Pour me donner raison, on a tous chaviré les uns contre les autres. La gravelle sous les pneus a fait danser un cha-cha malhabile au long tas de ferraille. Le crissement des pneus s'agrippant à l'asphalte a enterré les sacres spontanés de tout un chacun. Bishopton. Municipalité sans pesticide. La pancarte, évitée de justesse. Deux églises, un dépanneur. Traversé avant de dire ouf. Après le pont, tapecul. Route de terre. Forêt. Jacques a hurlé :

— Tes shocks sont finis, man.

Lapalissade qui nous a fait sourire. Sans grand impact sur le propriétaire du véhicule, qui a accéléré pour nous punir. Quelques rangs de fermes endormies plus tard, d'une longueur infinie nous a-t-il semblé, la Bonneville a ralenti. Est entrée dans un champ, carrément. A continué sur un chemin tapé par des quatre-roues. À l'orée du bois, loin du chemin, cinq ou six voitures paissaient. Le faisceau de nos phares découpait une tranche dramatique d'arbres touffus et compacts. Pierre a éteint, le silence est entré. L'écho assourdi d'une musique mêlé aux bruissements des feuilles l'a aussitôt grugé. Nous dépliant de la voiture un par un, nous avons ajusté nos sens à cette nouvelle donne. Sauf Gros Louis, qui s'est allongé sur la banquette pour mieux dormir. Jacques a grommelé tout bas :

— Pas du techno, tabarnak.

Me suis répondu : non, Asian Dub Foundation.

Empoignant une caisse, j'ai suivi Rose sur le sentier qui plongeait abruptement en cascade de rochers. Guidés par la musique puis par une lueur entre les feuillus, nous avons rejoint les fêtards. Une dizaine de gars debout, bières en main, éparpillés autour d'un petit feu, discutaient. Ils nous dévisageaient d'un air intrigué mais sans plus. Les caisses tintant sur nos cuisses agissaient comme passe-droit. Ai salué silencieusement. Rose n'a pas daigné leur accorder autant d'attention. L'ai suivie vers la cabane. En passant la porte, ai entendu derrière mon dos l'accueil chaleureux fait à Goyette par le groupe de mâles en kakis et t-shirts détruits. Doublé simultanément à l'intérieur des hourras des filles à la vue de Rose sortant triomphalement de sa besace fleurie une bouteille de tequila. Laissant les filles à leur popote, ai exploré les lieux en solitaire. La cabane à sucre rustique était plutôt spacieuse. La pièce principale où les amies de Rose préparaient les verres et les torchons pour le tequila-paf pouvait aisément accueillir une trentaine de personnes attablées. Éclairées par des ampoules nues vissées au plafond, trois immenses tables, des bancs de bois idoines, sous ceux-ci des matelas de sol roulés, quelques sacs de voyage, des nécessaires de toilette, des tas de bas au repos. Au fond, frigo rond antique, poêle à bois. Les filles jacassantes.

Me suis tourné vers la porte de bois donnant sur la pièce adjacente. Moins finie, les murs placardés d'outils de toutes sortes, la sucrerie était plongée dans la pénombre ; seul un écran de portable diffusait une faible lueur bleutée. L'odeur âcre et verte de mouffette écrasée, caractéristique du pot frais, prenait la gorge dès l'entrée. Un gars installé derrière l'ordinateur choisissait la musique. Les détails de l'environnement se révélaient petit à petit. Deux amplis de guitare utilisés comme boîtes de son, des sacs de papier sur le *boiler* à sirop d'où semblait émaner l'odeur, des glacières remplies de bières. Me suis approché du type aux cheveux décolorés. Banalement, j'ai lâché :

— Hum, ça sent bon...

Il s'est lentement détourné de l'écran pour poser sur moi deux immenses yeux globuleux aux veinules

rouge vif qui lui donnaient un air d'albinos en plus
d'homologuer mon affirmation. Jacques et Pinotte
nous ont rejoints. Le type au ralenti nous a fait apprécier le contenu des sacs. Deux ou trois livres d'herbe
fraîchement trimée. Nous a appris qu'il s'agissait là
d'une partie de leur paie. Ils étaient tous restés enfer-
més quatorze jours dans la maison principale de
l'autre côté de la forêt. Sans sortir une seule fois. Les
voitures cachées dans le sous-bois près de la cabane
à sucre visaient la discrétion absolue quant à leur présence. Pas question de se faire voir au village ou dans
les rangs avoisinants. Ils étaient nourris, logés, rému-
nérés au poids — et non à l'heure — pour débarras-
ser les cocottes de leurs feuilles avant le séchage.
Avaient tous failli devenir fous à force de promiscuité.
Ils fêtaient leur libération malgré l'interdiction
formelle de traîner dans les alentours.

— Merde, on l'a mérité. Toute façon, chacun
repart de son côté, après, s'est-il justifié.

Pinotte, évaluant le juke-box, a statué qu'il y avait
le nécessaire pour faire lever le party. Jacques a posé
quelques questions polies mais somme toute inté-
ressées. Où exactement était la maison par rapport
à la cabane à sucre, pour qui ils travaillaient, étaient-
ils encore là, etc. Mathieu, notre nouvel ami, répondait tout en roulant son cent douzième joint de la
journée.

Allumant le pétard, nous sommes sortis à l'air
libre. Pinotte venait de trouver le piton du volume.
Guitare stridente, basse vibrante, batterie épileptique
ont envahi l'espace sonore. Les filles sont apparues,

titubantes, pour improviser une piste de danse sur terre battue devant la cabane. N'écoutais plus les gars. La musique prenait possession de mon trop plein d'énergie. Me suis lancé les yeux fermés.

Sauter, délier les muscles, se fondre dans le rythme, tomber, se tortiller, rire sans même pouvoir entendre le son de sa propre gorge fondu dans la musique assourdissante. Exorcisme tribal, libération. Pinotte menait le bal. Augmentait le rythme à chaque nouvelle pièce. La forêt environnante perdait de sa majesté, de son mystère, face à l'activité grouillante et concentrée de notre messe noire. Les autres nous ont rejoints. Les corps se heurtaient. De plus en plus violemment. Certains s'éjectaient hors du cercle pour mieux s'y relancer. Les épaules encaissaient dur. Projeté hors du peloton, un gars s'est retrouvé catapulté contre le mur de planches de la cabane. Un tremblement de verre s'est fait entendre à l'intérieur. D'autres l'ont imité. Jusqu'à faire voler en éclats ce qui devait être des pots alignés sur des étagères de l'autre côté. Un hurluberlu allumé a grimpé sur un des montants de la porte pour hurler à la lune. Le défoulement battait son plein. Me suis éclipsé momentanément dans le sous-bois.

Je pissais sur des fougères. Je pissais sur des fougères derrière la cabane lorsque la musique s'est brusquement tue.

VOL DE NUIT

JAMAIS COURU comme ça. Un ressort invisible dans les genoux s'est détendu instantanément lorsque l'immonde chien-tueur s'est approché du talus. J'observais l'interruption brutale de la fête par cinq ou six motards tatoués surgis d'on ne savait où. Jacques, déjà enfoncé dans les bois, me faisait pourtant signe avec insistance de le suivre plutôt que de m'approcher de la cabane. Voulais voir. N'ai qu'entraperçu l'albinos se faire vertement engueuler puis bousculer par un moustachu autoritaire. Les autres gorilles rassemblaient les trimeurs pour l'évacuation immédiate des lieux. Jetaient sans ménagement les sacs en tas, là où cinq minutes plus tôt nous dansions en transe. Le ton montait. Lorsque le rottweiler a aboyé en trottinant dans ma direction, mon cerveau s'est brusquement arrêté de fonctionner pour passer en mode instinct de survie. L'adrénaline m'a propulsé à la suite de Jacques au cœur de la forêt noire de noire. Dans mon dos, j'ai entendu le propriétaire du chien rappeler sa bête avec autorité. N'a pas cru son molosse. Tant mieux pour nous. Courais, courais en distinguant à peine la végétation. Fouetté par d'invisibles martinets, trébuchant par intervalles sur des racines malveillantes, tentais de garder le rythme dans le sillon de Jacques. Courir la nuit dans une forêt inconnue a quelque chose d'extrême. Courir la nuit dans une érablière dont chaque arbre est relié en réseau par des tuyaux de plastique rigide bleu devient rapidement une épreuve accablante. Jacques avait choisi de ne pas se préoccuper de ce détail. Il défonçait les lignes sans ménagement. Les moignons pendouillant pimentaient mon parcours. Lorsque s'installa en moi la certitude que nous étions saufs, l'absurdité de notre course me frappa. Où allions-nous ? Mieux valait s'arrêter, rebrousser chemin, ils seraient repartis de toute façon. Est-ce que Goyette nous attendrait sur la route ? Et puis mon souffle ne correspondait plus à mon taux d'adrénaline. Hélais Jacques sans succès. Il avançait avec entêtement. Il s'est finalement arrêté sec en haut d'un talus.

L'ai rejoint, plié en deux, respirant comme une souffleuse à neige, et lui ai lancé, en fixant le sol, mains sur mes genoux tremblants, dans un fantastique effort pour ne pas vomir :

— Qu'est-ce tu fous ? Faut virer de bord.

Il a posé sa main sur mon épaule et m'a annoncé d'un ton qu'il voulait calme, mais tout de même hachuré par sa respiration rapide :

— Non, regarde, on est arrivés.

Ai levé la tête pour apercevoir entre les fougères une maison. Une maison en construction ou en rénovation, difficile à dire. Un aspect brut de chantier, certains murs à vif au papier goudron, des tas de débris de gypse à ses pieds, une porte d'entrée sans balcon pour y accéder. Derrière, un rayon de lumière éclairait le sous-bois. Jacques m'a dit :

— Tu vas aller cogner à la porte en arrière, t'inventes n'importe quoi, t'es en panne, t'as besoin de téléphoner, n'importe quoi. Une fois que t'as appelé, tu sors. On se rejoint sur la route dans cinq minutes.

— Tu fais quoi au juste ?

Il était déjà parti en direction de l'avant de la maison plongée dans le noir. Il s'est retourné en plaquant son index sur ses lèvres. Étonnamment, mon esprit ne s'est pas rebellé. « Non, Jacques, j'embarque pas » aurait été si facile. Mais dans le contexte, tout cela m'apparaissait comme un jeu incroyablement drôle.

Il donnait l'assaut sans me prêter la moindre attention et s'emparait en toute confiance d'un escabeau qui traînait pour le plaquer sous une fenêtre. Le regardais faire. Il n'avait pas couru au hasard, bien sûr. Encore une bonne décision prise avec la plus grande sagesse sous l'influence des amphétamines. Les motards étaient à la cabane à sucre, donc les motards n'étaient pas à la maison. Donc bingo, la maison des motards avec gros butin possiblement à portée de la main. Il avait raison : cinq minutes au plus avant qu'ils ne réapparaissent. Ils allaient attendre pour s'assurer que tout le monde vide les lieux là-bas et revenir par la route.

Me suis donc dirigé vers l'arrière de la maison en me répétant en boucle : « Je suis en panne, est-ce que je peux téléphoner ? » Derrière, une voiture de type vieille Nissan brune était stationnée. Quelqu'un était donc resté. Un balcon écaillé donnait accès à une porte grillagée, les doubles portes de bois à l'intérieur étaient ouvertes. La lumière fusait d'une ampoule nue dans ce portique. Ai attaqué les marches en me composant un visage serein, tentant d'amoindrir le tic incontrôlable du coin de mon œil. Ai frappé quelques coups sur le chambranle de la porte moustiquaire. Rien. Me suis risqué à un :

— *Hola*!?

Rien. Juste ma voix mal assurée. Au moment où j'ouvrais la porte en me raclant la gorge pour me présenter, un bruit de pas sur le gravier m'a arrêté. Quelqu'un se tenait dans la pénombre au bas des escaliers, mais le halo de l'ampoule ne me permettait pas de le distinguer. Suis prestement descendu pour me présenter en défilant un peu trop mécaniquement :

— Bonsoir, je veux téléphoner, je suis en panne.

Au bas des escaliers, tétanisé, me suis arrêté net.

FACE À FACE

LE BONHEUR, quand il vous frappe, il ne prévient pas. Première fois que j'expérimentais ça de ma vie. Là, face à face avec *elle*, au bas de ces escaliers, mon cerveau n'arrivait plus à formuler le moindre raisonnement. Juste la surprise. Le régal pour les yeux. La joie. La vraie. L'accélération du souffle. La moiteur des paumes. Le battement cardiaque en stéréo dans mes tympans. Elle. Douze heures plus tard. Un destin, ça devait être ça.

La stupéfaction était réciproquement lisible sur son visage incliné vers moi. Ses lèvres charnues dont je ne pouvais détacher mon regard, légèrement entrouvertes, ses sourcils froncés, ses grands yeux noirs incrédules scannant mon visage.

Elle tenait d'une main gantée un bidon d'essence qu'elle accotait sur un pantalon de toile bleu éclaboussé de traces de peinture et d'huile sombre. Sa tignasse de dreads bruns et noirs explosait en gerbes raides d'une casquette défraîchie. Le t-shirt au coton usé moulait la pointe de ses petits seins et découvrait à la hanche une bande de peau ferme aux promesses cosmiques. La puissance de la tension entre nos deux corps me paralysait. Mon sexe gonflé voulait parler. Il fallait dire quelque chose. Avancer vers elle.

C'est sorti dans un murmure, presque une caresse :

— Francesca ?

Mon regard est remonté pour se visser dans le sien et mesurer l'effet de cette petite bombe. Ai vu le souvenir de l'autobus passer dans ses yeux. Au même moment elle a rompu le silence pour me demander d'une voix étouffée :

— Comment tu m'as retrouvée ?

L'intimité de son tutoiement, la voix rocailleuse marquée par le trouble, la fatalité implicite de mon attirance pour elle, elle, comme un aimant que tôt ou tard j'allais retrouver, me firent sourire. Cette réponse muette de ma part la raidit légèrement. Elle revenait à ses sens, à la réalité saugrenue de notre rencontre au bas des escaliers d'une maison perdue dans la noirceur de la forêt. Et à l'impossibilité statistique de nos retrouvailles. Juste un hasard renforçant l'impression d'une volonté cosmique.

— T'es en panne ?

Le ton était narquois cette fois.

— Y a pas de téléphone, ici. Y a un garage. À quinze kilomètres à peu près. Je peux t'amener.

Elle s'était définitivement ressaisie. Comme pour rompre le charme et dissoudre son trouble, elle s'éloignait dans la cour en parlant. Elle a déposé le bidon sur un tas de bois et s'est retournée vers moi pour attendre ma réponse.

— Bon, t'en veux-tu, un lift?

L'étrangeté du moment, de nos retrouvailles, me sciait toujours. Voulais plus que tout le prolonger. De la poche de mon jeans, me suis tranquillement tiré une cigarette. L'idée de me balader en voiture à ses côtés me plaisait. On trouverait bien une manière de délier nos langues. Et puis Jacques allait être content d'avoir un lift en char.

Au lieu de me diriger vers la portière du passager, suis allé droit sur elle, qui attendait, porte chauffeur ouverte. Me suis approché lentement jusqu'à ce que nos haleines se confondent. Ai refait ce que je n'avais cessé de faire en pensée depuis ce matin : glisser ma main sur sa fesse en enfonçant ma langue dans sa bouche.

Initié par moi, ce ne fut pas le même choc. Me suis fait plus doux sur ses lèvres. Au bout de quelques interminables secondes, la délivrance est venue : elle a répondu. Sa main sous ma veste montait le long de mes côtes. Le désir était électrique. Jamais ressenti ça auparavant. La pulsion montait de nos deux corps. Indéniable. Sa fièvre était audible. Avais un urgent besoin de me couvrir de sa peau. Une nanoseconde plus tard, sans savoir comment, me suis retrouvé le nez sur le toit de la Nissan, un bras douloureusement croisé dans mon dos, sa main pressait ma nuque contre le métal de la porte.

— Qu'est-ce que tu fais ici?

Sonné par la soudaineté de son geste et l'autorité de sa voix. Ce revirement m'a désarçonné. Un crissement de cailloux à l'avant de la maison a abruptement marqué la fin de son empoigne. Les propriétaires de la maison arrivaient. D'un coup suis revenu à la précarité de ma situation. Elle m'a poussé impérieusement à l'intérieur du véhicule. Ai obtempéré sans discussion. N'avais aucune envie de rencontrer les molosses de l'érablière. Son empressement à m'emmener me disait qu'elle non plus ne tenait pas à faire les présentations.

Ai enjambé le bras de vitesse et la Nissan a fait marche arrière presque illico. En contournant la maison, avons croisé un géant à la veste de jeans sciemment déchirée aux épaules pour laisser respirer les monstrueux biceps. Elle a descendu sa vitre en ralentissant à sa hauteur et lui a lancé tout de go :

— M'en vais au garage, j'en ai pour une demi-heure.

Le colosse a fait mine de passer la tête vers l'intérieur pour mieux me dévisager, mais déjà elle repartait en le saluant. Son air suspicieux nous suivait pendant que nous arrivions à la route.

Cent pieds plus loin sur le rang, je l'ai sommée de s'arrêter. Elle ne comprenait pas, mais a tout de même obéi. Suis sorti sur le chemin en chuchotant absurdement à l'intention des buissons :

— Jacques ! Jacques !

Elle s'est approchée sans bruit, sa main sur mon avant-bras m'a fait exagérément sursauter.

— Tu parles aux porcs-épics ?

Le sifflet caractéristique de Jacques, court et strident, a répondu à sa question. Sa silhouette se découpait dans le faisceau des phares. De la maison, on commençait à entendre de l'agitation. Des hommes se hélaient en sacrant, me semblait-il. Elle n'avait pas eu le temps de me questionner sur la présence de mon ami que déjà il s'assoyait d'autorité sur le siège passager avant et donnait quelques brefs coups de klaxon pour nous presser.

En accélérant le pas, suis monté à l'arrière. Jacques me regardait, triomphant, serrant contre lui un sac à dos apparemment plein. Lui ai dit en appuyant bien chaque syllabe qu'elle allait nous amener à un garage pour notre voiture en panne. Manquait que le clin d'œil en terme de discrétion. Il s'est tourné vers elle, tout sourire, et a lâché nerveusement en branlant de la jambe comme un chien épileptique :

— C'est fin. On y va-tu, là ?

Elle n'a pas démarré comme nous l'attendions. Au lieu de cela, son regard passait furieusement de Jacques à moi.

— T'es avec lui ? C'est ce serpent-là qui t'a dit mon nom ? Vous faites quoi, ici, au juste ? C'est quoi dans ton sac, Jack ?

Sa voix grave trahissait une haine dure mêlée à un début de panique. Joignant le geste à la parole, elle a empoigné le sac de Jacques, qui s'y agrippait. Elle a réussi par un mouvement sec à faire jaillir une liasse de billets verts et un fort parfum musqué de haschisch. Jacques a plongé son bras plus profondément au fond pour retenir son avoir.

Tête appuyée sur le volant, sa voix a résonné à une fréquence encore plus basse :

— Non. Non. Non. T'as tout pris ce qu'il y avait ?

En garçon fautif mais pas du tout repentant, il a acquiescé. Elle a soupiré lourdement. Elle cherchait à réfléchir. Une voiture a démarré au loin. Pas si loin. Ils allaient venir.

— Quoi ?

Je voulais qu'on me mette au parfum, leur discours elliptique ne me rassurait pas du tout.

— On a à peu près 6 *k-i-l-o-s* de hasch.

— Et pas mal de liquide, a-t-elle ajouté sans nous regarder.

Je la voyais hésiter, se mordre la lèvre, chercher un moyen de revenir en arrière, détricoter le fil du destin que Jacques venait de lier autour de notre trio sans notre consentement.

Le Jeep fou qui arrivait non loin derrière a mis fin aux tergiversations. Jacques a sorti sa main du sac armée d'un pistolet noir terriblement réel. A hurlé : « DÉMARRE. »

Elle le prenait au sérieux. Seulement on sentait qu'elle n'était pas du genre à être victime d'une prise d'otage. En tournant rapidement la clé dans le contact, elle voulait gagner du temps. Cinquante pieds devant le Jeep, la Nissan a bondi dans un nuage de grenailles.

En un réflexe rapide, la main de Francesca a quitté le volant pour faire pointer l'arme vers l'avant et non plus vers elle. Jacques s'est repositionné plus loin pour éviter qu'elle y touche.

— Plus vite.

— Attachez-vous, a-t-elle simplement répondu.

Ne sais pas pourquoi, ai pris cette boutade au pied de la lettre. La tête entrée dans les épaules dans l'espoir ridicule d'éviter des balles imaginaires, je fixais le rectangle de terre battue éclairé devant nous en essayant de trouver une issue à cette poursuite. Jacques me devançait :

— Va chercher la grand-route. C'est là qu'on va être safe.

— Va chier.

Réponse directe jointe à une nouvelle accélération.

Le Jeep nous talonnait de plus en plus près. Le compteur oscillait entre 120 et 130 kilomètres/heure. La route de terre sinueuse ne permettait pas vraiment de pointe plus rapide. La gravelle fraîchement appliquée pour combler les ornières rendait la conduite extrêmement glissante. Risquant un œil vers nos poursuivants, ai lâché un cri involontaire en me renfonçant illico dans le siège. Le passager du Jeep avait relevé un morceau du toit de toile et, s'agrippant au poteau, tentait de trouver une position de tir malgré les cahots. Sa balle a percuté un arbre sur notre droite, achevant de définir les clans. On nageait en plein western et ça n'avait rien de divertissant. La panique court-circuitait mon cerveau. Quel miracle pouvait encore nous sauver ? Je ne voyais pas.

Le Jeep tirait derrière nous, mais sans nous atteindre. Les détonations retentissaient, dramatiquement amplifiées par les murs d'arbres tout autour.

Jacques examinait son arme en cherchant quelque chose.

— As-tu déjà tiré ?

On sentait son mépris.

— J'en avais un, ti-cul, à air comprimé, qu'il a répondu sans cacher son excitation à en tenir un vrai qui allait servir.

— Tu lâches ça, alors. Tout de suite, mets-le à tes pieds.

Mais Jacques n'allait certainement pas obéir dans ces conditions idéales pour jouer au truand de cinéma. Il a plutôt relevé son bras armé pour tenter d'ouvrir la fenêtre de l'autre main.

Le coup est parti tout seul en percutant le pare-brise. La voiture a fait un bond sur le côté. Dérapage. Rattrapé le virage, évité le fossé. Un clignement de cils après notre soulagement, la Nissan a embouti une masse apparue d'on ne sait où dans le détour de la route. L'impact du Jeep dans notre coffre ne s'est pas fait attendre. Le choc brutal m'a coincé en sandwich entre les sièges arrière et avant. Le windshield explosé et Jacques disparu. Tout le détail de ces secondes vitales est resté gravé dans une mémoire parallèle. Francesca remuait, écrasée sur le volant. Première à se dégager, elle a poussé sa portière déjà entrouverte par l'impact. Le banc côté chauffeur s'est abaissé brutalement et une main m'a saisi par le collet pour me faire avancer. Mon bras droit a voulu me dégager de la ceinture, mais le mouvement n'a pas eu lieu. Une fulgurante douleur m'a déchiré l'épaule. Mon cri comme un gémissement de génisse à son dépucelage. Elle est passée sur moi et au déclic de la boucle, je me suis retrouvé sur le sol, car mes jambes ne me portaient plus du tout. Le tremblement nerveux me donnait des spasmes.

— Reste là.

Elle observait la route. Je ne voyais que les phares éclairant une quantité de ferraille éparse sur la route. Il m'a semblé apercevoir une silhouette étendue sur le gravier un peu plus loin sur le côté. Francesca s'est dirigée vers cette masse. S'est penchée vers elle et l'a tirée de quelques pieds vers le fossé. Un immense porc-épic? Un homme? Le Jeep derrière était silencieux. En courant, elle s'est éloignée dans le noir. Je ne pouvais pas croire qu'elle m'abandonnait ici.

Comme un ressort, me suis relevé. Mon bras ballant me semblait plus long qu'à l'accoutumée. En ai presque ri. Mais un mouvement et j'ai compris que mon épaule était sortie de son socle. La panique. Ai hurlé: « Francesca! » sans même me soucier de nos poursuivants, peut-être tapis dans l'ombre des restes du Jeep. Déjà elle réapparaissait dans le cercle de lumière avec le fameux sac à dos d'une main et le pistolet de l'autre.

— Ça va? m'a-t-elle demandé en passant devant moi sans même attendre la réponse.

Pour elle, le fait que je me tenais debout répondait à la question. Lui ai répondu que non, mon épaule était disloquée. Pas du tout émue, elle est revenue sur ses pas, comme si je venais de proférer une insulte à son égard. S'est approchée à deux centimètres de mon visage, puis a pris un pied de recul et m'a asséné un coup du plat de sa paume juste au-dessous de l'épaule avec la violence d'une joueuse de crosse déterminée. J'ai repris ma forme humaine initiale et la douleur a disparu. Je n'avais pas fini de faire « Han ! » qu'elle retournait dans les décombres du Jeep.

— Ramasse les papiers qui traînent dans le char si y en a. On va prendre par le bois.

Un mouvement pas très loin de moi m'a fait sur-sauter. Ai reçu l'horreur en pleine face. Le conduc-teur du Jeep affalé sur la carrosserie avait le canon de sa carabine enfoncé dans l'œil et le corps ensanglanté agité de soubresauts. L'adrénaline m'a précipité dans le sous-bois. Francesca m'a rejoint quelques minutes plus tard. Nous marchions rapidement car la course nous était impossible dans pareille noirceur. Le ter-rain accidenté ne nous facilitait pas la tâche.

Elle me parlait pour se rassurer :

— Je sais où on est. Si on pique droit devant, on devrait tomber l'autre côté du bois, près de la route, sur une cache de chasseur ou au pire sur la maison d'une fille que je connais. Y a une grange vide sur son terrain. Ça devrait nous prendre une demi-heure, disons trois quart d'heure à peu près. Si on dévie pas trop. Tu vas te mettre à l'abri.

L'image du chauffeur me hantait.

— Et Jacques ? Tu l'as vu ?

— Y était trop tard pour Jacques. Y est passé au travers de la vitre.

Étrangement, je n'arrivais pas à encaisser la nouvelle. J'avais plutôt l'impression que nous l'avions salement abandonné, gisant sur la route, pour sauver notre peau. La forêt respirait bruyamment.

JE REVIENS À MONTRÉAL

Yvon Gagné, propriétaire d'un Ford 350 noir : « J'l'ai embarqué sur la 257. »

Waitress chez Ouin-Ouin, à Saint-Gérard : « Y est débarqué à deux heures et quart. J't'ais en train de faire ma caisse. La soirée était slow pis j'voulais fermer. »

Yvon Gagné : « J'm'en allais pas vers Sherbrooke, faque j'l'ai laissé sur le ch'min à Saint-Gérard. »

Waitress : « J'y ai dit que j'pouvais juste y donner une bière, that's it, en attendant que j'ferme. Y avait d'l'air de s'être roulé dans bouette. »

Yvon Gagné : « À c't'heure-là, c'tait quand même la seule place avec un bar encore ouvert dans l'coin. »

Waitress : « Y a mis la main su'l téléphone du bar pis y m'a dit que c't'ait pour appeler à Sherbrooke. Quand y a raccroché, j'y ai dit non, qu'y pouvait pas attendre son chum icitte. Ça m'tentait pas de m'taper quarante-cinq minutes de plus, anyway pleuvait pas dehors à c'que j'sache. Mais y a sorti une palette de vingt pis y a allongé cent piasses en disant *s'il vous plaît.* »

Yvon Gagné : « On s'est pas parlé gros. »

Waitress : « Y m'a pas parlé. Anyway, j'faisais l'set up pour le lendemain. Y tétait sa bière en branlant d'en avant en arrière. Tsé, un peu comme les débiles, là. Y r'gardait la porte à toutes les cinq secondes. Le char à son chum a finalement éclairé le parking vers trois heures pis y est sorti en disant merci. Ma soirée avait été pas si pire finalement. »

Goyette : « J'venais pratiquement juste d'arriver chez nous quand y a appelé. Jacques m'avait prévenu à la cabane qu'il rentrerait pas avec nous autres ; quand j'ai vu que François était pas là non plus j'me suis dit naturellement qu'y était parti avec Jacques. Mais quand j'ai entendu sa voix j'ai eu peur. Je l'ai tout de suite pris au sérieux. Surtout qu'y avait l'air de m'cacher quelque chose sur Jacques. Et le connaissant... J'suis reparti pour Saint-Gérard tu-suite. Mais bon, ça prend un bon quarante minutes certain, de chez nous. J't'arrivé chez Ouin-Ouin, j'ai pas eu l'temps de breaker qu'y était assis en avant en tapant su'l'dash. Ok. Ok, j'ai dit. Qu'est-ce qu'y arrive ?

Y m'a fait freaker pas mal. Jusqu'à ce que j'accepte de l'amener à Montréal, là, drette là, au milieu de la nuit. Y m'a convaincu, pas juste avec le fric, surtout parce qu'y m'a dit qu'y était suivi pis que les motards avaient tué Jacques. Là, tout d'un coup, j'ai trouvé que c'était encore plus sérieux que je pensais. Y m'a pas adressé un seul autre mot, tant et aussi longtemps qu'on a pas été sur la 10. Je capotais tight. Tu dis pas ce genre d'affaires-là à quequ'un pis après pus rien. Mais y était toute racotillé sur son banc — pour que sa tête dépasse pas du dash — pis j'voyais bien qu'y shakait. À chaque fois qu'y avait des phares en arrière de nous autres, y pensait qu'on était suivis. Y délirait à fond.

Moi, Jacques, je vis pratiquement avec ces temps-ci. Des fois, je le vois pas pendant des mois, pis tout d'un coup y réapparaît pis y colle à maison matin, midi, soir. Y me ramène des affaires — qu'y vole, je l'sais — mais c'est pour me remercier de l'hospitalité ou de la bouffe. C't'un bon Jack. Y met de la vie, j'aime ça. J'aime moins ça quand y embarque Rose dans ses affaires. Mais ça, il le sait. Anyway.

Rendu sur l'autoroute, quand j'y ai dit qu'y avait personne derrière nous qui venait d'la 610, y s'est un peu rassis sur son banc. Et là, y était pu arrêtable. Y m'a conté toutes sortes d'affaires qui faisaient pas beaucoup de sens. Au début, Jacques avait été tué par les motards, pis là, les motards étaient morts avec un gun dans face. Finalement y avait eu un accident de char, tout le monde était mort sauf lui. C'que j'comprenais, c'est qu'y était en état de choc, qu'y avait probable eu un accident pour vrai... Mais le reste... Quand j'y posais des questions, y s'arrêtait de parler total pis y regardait par la fenêtre. Y avait l'air parti loin. Pis bang, y repartait mais en répondant pas pantoute à mes questions. Sur un autre délire de son histoire. Sur la fille. Que c'était son destin, c'te fille-là. J'sais pu. M'en crissais-tu, d'la fille. Y a fini par cracher quand j'me suis mis à crier un peu qu'y avait pas *vraiment* vu Jacques mort. Ce qui m'a redonné un peu d'espoir quand même. J'sais pas d'où c'qui sortait son histoire de motards. Mais j'me suis pas obstiné. Y avait l'air assez fucké pour pas que j'tète sur des détails.

À Saint-Jean-sur-le-Richelieu, enfin, y a fermé sa yeule. Me suis retourné pis y dormait. Sais pas qu'est-ce qui l'a achevé. Peut-être la musique qui jouait ou le soleil qui pointait. Y dormait comme un poupon quand on a traversé l'pont. Moi avec, j'aurais ben dormi, mais à deux cent piasses la *ride*, j'me suis forcé à tenir. J'savais pas où y habitait, mais j'voulais pas l'réveiller. J't'allé instinctivement chez Caro, c'est pas mal la dernière de Montréal que j'fréquente encore. A' vient me voir quand a' passe à Sherbrooke elle aussi, faut dire. Pis ça fait capoter Rose. J'l'ai laissé dormir dans l'char le temps de réveiller Caro en pitchant des bouttes d'asphalte dans sa fenêtre — la sonnette marche pas. Y était quand même 5 h 30 du mat'. Pis finalement j'l'ai laissé dans l'char une heure de plus, le temps de baiser Caro qui, comme je le pensais, venais juste de rentrer et était encore chaude. »

PLATEAU MONT-ROYAL

ME RÉVEILLE en sursaut, le visage collé par une bave humide et visqueuse. Viens de rêver qu'un serpent pénétrait mon anus pour ressortir par ma bouche. À deux centimètres de moi, deux gros yeux poilus et une haleine de merde froide me souhaitent bon matin. Derrière le divan, où je suis réfugié sous un magnifique patchwork de phentex brun et orange, une voix familière part à rire et lâche :

— Fidel, viens ici ! Le monsieur parlait dans son sommeil, mais là qu'y est réveillé, y va grogner...

Caro. Ah ! Oui. Suis à Montréal. Me lève d'un coup. Ou, pour être franc, m'extirpe des coussins dans un mouvement lent et héroïque que j'aurais voulu dynamique.

Caro, déjà toute habillée dans sa tenue de combat, me tend une tasse de café dans un gobelet émaillé. Décline l'offre généreuse pour me servir un grand verre d'eau au robinet rouillé. (Ah ! les appartements du Plateau ! Le chic du chic que d'habiter des taudis bien situés.) Demande l'heure, où est Goyette, mon manteau. Sans préambule.

Me retourne. Caro me fixe avec ses grands yeux bleus ramollis par la compassion. En suivant son regard, je remarque le tremblement de mes mains. Elle s'approche, me prend dans ses bras. Sa tête de bonne fille m'arrive sous les aisselles. Son geste spontané, qui ressemble à une forme de condoléances, me signifie qu'elle sait quelque chose. Qu'est-ce que Goyette a bien pu lui raconter ? La mort de Jacques ? C'est de ça qu'elle tente me consoler ? Ça ne me calme pas du tout. Mais suis au moins revenu à une certaine réalité : tout le monde n'est pas plongé en plein cauchemar. Certains prennent le temps d'avoir des émotions. Pas moi. Le beau moment n'a pas lieu. Elle recule instinctivement.

— Il est deux heures de l'après-midi, Goyette est reparti vers midi, ton manteau est là où tu l'as pitché dans l'entrée. As-tu faim ?

Dans sa voix, aucune agressivité, elle ne m'en veut pas, un peu de gêne plane tout au plus. On ne se touche que rarement. Et encore, faut être fin soûls. Mais en définitive, elle est peut-être ma seule véritable amie.

— T'es fine, mais là je boirais plus une grosse bière, question de me remettre en phase. J'ai dormi combien de temps ? Faut que j'essaie de comprendre quelque chose sur ce que je fais à partir d'ici.

Elle ne tique pas, elle se dirige vers la porte, agite la laisse de Fidel, qui jappe en grand orateur barbu quelque chose comme : « Camarades, suivons cette fille ! »

— On va au Cheval ?

Je branle la queue de joie pour abonder dans le sens de Fidel.

CHEVAL BLANC

— S'CUSE, si je te suis bien tu rencontres une fille qui te frenche quinze secondes dans un party, tu la revois par hasard dans une maison de motards que vous êtes en train de voler, elle laisse ton chum crever sur l'asphalte, te pique six kilos de hasch et t'abandonne la nuit dans une grange au milieu de nulle part, pis tu me dis que t'es en amour par-dessus la tête ? Fuck ! J'peux ben être célibataire depuis quarante-douze ans ; je comprendrai jamais rien aux gars, moi.

Nous sommes attablés dans la pénombre de la taverne déserte. Viens de faire à Caro le récit détaillé — ou à peu près — de mes deux dernières nuits blanches tout en sifflant coup sur coup deux pintes de blonde. Avec son sens pragmatique, elle réduit tout jusqu'à l'absurde. La bière détend à peine les nerfs de mes trapèzes à cran.

— Qu'est-ce que Goyette t'a raconté, lui ?

Elle soupire.

— Goyette m'a pas dit grand-chose à part : « Tourne-toi de bord. » Sans joke, il m'a juste demandé si je pouvais m'occuper de toi, que t'étais en plein délire parano — alors qu'en fait tu ronflais comme un bûcheron. Mais je l'ai entendu toute la matinée téléphoner aux hôpitaux de Sherbrooke pour savoir si un certain Jacques Maréchal était quelque part aux urgences.

— Et ?

Je peux pas croire qu'elle retient une information cruciale de la sorte depuis plus d'une heure. Vais lui sauter à la gorge.

— Et ? Rien. Si je le savais, je te l'aurais dit quand tu t'es levé. Non, je prenais ma douche à la fin de ses in-interminables appels. J'étais sous l'eau quand il a claqué la porte. Tsé, Goyette, c'est pas mon ex pour rien. Moins on se parle, mieux se portent nos souvenirs. C'est qui, Jacques ?

— Personne.

Je le tue une seconde fois. Mais les forces me manquent pour entrer dans les détails. Elle m'offre de souper chez elle, elle doit rentrer le chien. Elle n'a pas du tout envie de me laisser à moi-même dans les circonstances. Décline l'offre malgré son insistance. Lui promets par ailleurs de l'attendre dans le bar sans faire — trop — de conneries. De son côté, elle compte contacter Goyette pour l'histoire de Jacques et des hôpitaux. Elle m'appellera directement au bar s'il y a du nouveau, ou, mieux, viendra me rejoindre.

Interdiction pour moi de quitter le lieu sans l'avertir. Caro a l'habitude de ces imbroglios infernaux. Ses plus grandes qualités se révèlent dans l'action, toujours. Meneuse de claques ou infirmière dans les manifs qui virent mal, défenderesse des gars soûls sur le point de se faire embarquer, son sang froid, sa générosité jamais calculée, son gros bon sens font des miracles dans les moments les plus noirs.

Elle est partie. J'ai en poche environ trois mille dollars en billets verts, un ami possiblement mort et potentiellement beaucoup d'ennuis en perspective. Un petit moment de solitude ne me fera pas de tort. J'espère réussir à voir clair dans mon cerveau embrouillé. La fatigue commence à me gruger l'esprit. Pas le corps. Mon corps est étonnamment en forme. Fonctionne tout seul.

Me revient toujours en tête cette condamnation de Caro : « Elle t'a abandonné dans une grange. » Ai omis de leur mentionner, à elle et à Goyette aussi il me semble — bien que le segment dans l'auto soit flou pour moi — l'existence du cellulaire. Dans cette grange, Francesca et moi avons convenu de nous séparer. Elle m'a remis son cellulaire en me recommandant de ne jamais l'utiliser, sous absolument aucun prétexte. Elle m'enverra des textos signés Mini-Fée. Le nom de code m'a fait sourire sur le coup. C'est vrai qu'avec elle on ne s'ennuie jamais, me suis dit. Elle me donnera des indications à suivre pour la joindre.

Sur le coup, tout cela me semblait tomber sous le sens. Mais résumé crûment par Caro, le doute s'insinue en moi. Ai-je été stupidement berné ? Vrai qu'elle est repartie avec les kilos et pas mal de liquide. Sans oublier le gun. Elle va tenter une négo en notre nom, qu'elle s'est justifiée. Moi, je risquais d'essayer de revendre la camelote et de me faire repérer en moins de deux. Alors que mon avantage pour l'instant était de n'être ni vu ni connu par les propriétaires du gros lot.

Elle me connaît mal. En fait, elle ne me connaît pas du tout. En ai strictement rien à faire, de leur butin. Je reconnais l'enjeu tout de même, et le merdier dans lequel Jacques nous a irrémédiablement plongés.

Elle, elle le résumait de manière plus fleurie : « Toi, t'es le seul qui est pas mort, tu comprends ça ? Remonte à Montréal sans faire de vagues, sans passer par Sherbrooke, attends que je te contacte. Je vais avoir besoin de toi. »

C'est la dernière phrase qui résonne. M'empêche de croire à sa trahison.

Je m'y raccroche en engloutissant un sandwich à la saucisse, un nachos gratiné, du fromage Perron et des cornichons. Tout aussi réconfortant que la cuisine de ma mère ou celle de Caro.

DÉCOUVERTE

RECROQUEVILLÉ sur ma chaise dans le coin le plus sombre, celui à l'entrée, derrière la porte, j'observe d'un œil la brasserie se remplir pour le 5 à 7. De l'autre, je fouille les fonctions du petit appareil dont j'attends un signe. Son cellulaire. Elle ne le ménage pas. Des stries, partout sur le plastique, témoignent des chocs, de sa nonchalance envers l'objet. Ou de l'usage excessif et quotidien qu'elle en fait. L'écran extérieur pratiquement opaque. Trop de poussière infiltrée. Entre dans les mémoires. Message. Derniers appels. Annuaire. Impression de forcer le cadenas d'un journal intime. Mais non, pas grand-chose. Le carnet se résume à cinq ou six entrées dont les numéros sont précédés par une lettrine. Pas de patience pour entrer le nom complet ou volonté de coder les références? N, O, L, J, dans le 819. Un V dans le 514 et S, 450. Cinq appels reçus enregistrés. Le premier est identifié par la lettre S. Le 450 l'a jointe trois jours plus tôt à 6:19 pm, la conversation a durée 2:21 min. Le reste des numéros, non référencés, ne proviennent pas du carnet d'adresse. Leurs durées, tout aussi limitées. Les derniers appels faits, au nombre de trois, se résument à la boîte vocale et à un numéro à Montréal. Deux messages conservés. Un premier du système qui annonce un solde de moins de cinq dollars. Il s'agit d'un téléphone à carte, de ceux sans contrat de service. Avec un solde si bas, je comprends qu'elle m'en ait interdit l'usage. Les textos sont moins coûteux. Le second message reçu par écrit se résume à une adresse : 475, Prince. C'est signé Dany. Tiens, je me dis, le frère de Mini-Fée.

Mes yeux fixent l'adresse. 475, Prince. L'adresse sur le flyer du party. L'avais googlée. La manufacture. Notre rencontre. Et la boucle devient un nœud. Je cherche frénétiquement la date de la réception. Oui, ce soir-là, à 7:56 pm précisément, quelqu'un lui a donné rendez-vous là-bas. Ou lui a fourni l'adresse pour qu'elle s'y rende.

Je fais signe au serveur pour qu'il remplisse ma pinte. J'ai soif. Toujours les mains moites. J'y comprends rien. Mes viscères gargouillent. Je cherche des liens. Le serpent se mord la queue. L'engin de communication ne me révèle rien. Pourtant j'ai l'intuition de toucher une partie de ses secrets.

J'essaie de me rappeler les personnages du dessin animé japonais de mon enfance. Mini-Fée seule sur la Terre avec son frère turbulent. Les affreux triplets et Yolande. Non, rien. Les numéros de l'annuaire alors. 819. Estrie, Outaouais, Mauricie, Abitibi.

J'opterais pour Estrie, Sherbrooke. Français. N, O, L, J. Nicole, Olga, Louise et Johanne. Ou Normand, Olivier, Louis, Jacques. Jacques ? Elle serait assez en relation avec lui pour enregistrer son numéro ? Me revient leur réaction lorsque nous sommes tous trois embarqués dans la Nissan pour un dernier tour létal. Toute façon, peux pas vérifier, ne connais pas le numéro de Jacques. Mais je pourrais. Note mentale : demander à Goyette. Reste V à Montréal et S quelque part en périphérie sud ou nord. S qui lui a parlé la veille de la fête. De notre rencontre. Pourquoi tout tourne autour de moi ?

Je vais vomir. Voilà pourquoi. Me précipite aux toilettes.

Ai beau essayer bruyamment, rien ne sort. Un bon samaritain derrière moi me demande si ça va. Mais qu'est-ce que tu veux répondre. Me relève lentement. Il me tend son verre.

— Du Perrier, ça peut aider.

Pas pensé le remercier. Le reconnais vaguement. Un bassiste, me semble. Les sueurs froides à la racine des cheveux. Avant même qu'il engage la conversation, lui signifie que je dois prendre l'air.

— Ah, cool. J'avais justement fini de rouler. Tu veux-tu fumer ?

Sais pas ce qui me retient de lui vomir dessus. Il rit nerveusement.

— Non, non, c'est pas du pot, c'est d'la coke. Et pas n'importe quoi, monsieur. Ça guérit son homme de tout cette merveille-là. Toi, ça m'a l'air gastrique. Moi, c'est tantrique. Viens.

Devant l'entrée, quatre ou cinq gars fument des cigarettes. Finalement, la loi anti-fumeur a ça de bon. On est plus seuls pour fumer nos joints sur les trottoirs. Me laisse tenter par l'odeur chimique. Toujours aimé cette odeur de produit récurant qui brûle. Fume des Player's pour la même raison. Ça peut effectivement aider à replacer mon cerveau embrouillé. Sens immédiatement le produit de qualité dans mes poumons gonflés. Hum, de la bombe, oui. Mon partenaire me regarde, réjoui. Nous réintégrons le bar. Ma table prise, m'assois avec lui au comptoir. Lui paie un verre d'eau minérale, opte moi-même pour la bière au chou-fleur. La place est pleine. Rince ma bouche avec une grande gorgée. Le goût chimique de la coke me plaît moins que l'odeur. Approche un peu ma tête de son coude pour comprendre ce qu'il déblatère.

— Je sais pas si ça te fait ça, à toi. Mais moi, j'adore observer les interactions du monde. Surtout l'été, là, quand les filles sortent dans les bars en petites camisoles et que les gars tournent autour toute la soirée pour éventuellement sortir de là avec une prise. J'ai comme toujours la voix de Charles Tisseyre dans les oreilles. Comme un narrateur dans mon oreille interne qui parle en voix off. Comme dans *Découverte*, l'émission sur les animaux ou les catastrophes naturelles où il fait le doublage. Une espèce de voix incroyable, super dramatique tout le temps : « Lorsque vient la saison de la reproduction, l'être humain, mâle et femelle, exécute un curieux ballet de séduction. La femelle se pare d'atours aguichants, porte ses vêtements échancrés pour exposer le plus de surface de peau possible, permettant ainsi à ses phéromones en pleine action d'atteindre le mâle. De son côté, le mâle, attiré visuellement et, plus subtilement, par l'odeur de la femelle, s'approche d'un ou de plusieurs sujets et tente de les faire rire. Ces tentatives sont souvent marquées par l'échec. Certains n'arrivent même pas à se rendre jusqu'à l'étape cruciale subséquente à l'approche : la conversation. Ils retourneront bredouilles au troupeau de mâles. Mais même pour ceux qui auront réussi à franchir toutes les étapes et déclencher le rire chez une partenaire, qu'il aura pris soin au préalable d'éloigner des autres, l'enjeu reste entier. »

Il me pointe des couples en parlant. Son cirque ne me fait pas sourire. Qui c'est, ce type qui familiarise trop, trop vite ? Ses gencives luisent, ça me déconcentre. Son visage trop proche. Son haleine. Il déchante en attendant que je réagisse.

— Ok, qu'il fait. Peut-être que je l'ai pas encore, l'intonation. Mais tu comprends ce que je veux dire ?

— On en fume un autre ? est ma seule réponse à ses conneries.

Heureusement, il prend ça pour de l'amitié naissante. Combien de fois me suis tapé des lascars pareils juste pour profiter de la manne. Pitoyable. Mais Caro ne réapparaît pas, et sa poudre magique m'est précieuse pour passer à travers la nuit qui m'attend. Réalise sur ces entrefaites que l'argent ne me manque pas. Lui demande s'il peut m'en obtenir alors qu'il se dirige vers les toilettes pour rouler. La réponse semble positive. On fume le deuxième sans se parler, il s'adresse plutôt à un groupe sur le trottoir et refait son numéro. Au moment de rentrer, il s'approche et me dit qu'il peut y aller, que ça lui prendra une demi-heure tout au plus. Lui remets quatre cents dollars sans tiquer. Il flippe à la vue du montant. Me jure que ce sera pas long et disparaît plus vite que son ombre au détour du coin de rue. Suis con, je sais. *Don't pay the ferryman until he gets you to the other side.* De base. Rien à foutre ce soir. Au pire, me suis débarrassé d'un verbomateur. Aurais pas passé une minute de plus à ses côtés de toute manière.

Espère juste pas tomber sur un autre clown en rentrant. Mais qu'est-ce que fout Caro, il est neuf heures et vingt. Empoigne le cellulaire manipulé nerveusement au fond de ma poche depuis un moment. Lui non plus, aucun signe de vie. Pas de vibration. Aucun son. Où est-elle? Que fait-elle? Je mets mes bottes... Bon, un peu de discipline. Ris tout seul. Tout va bien. Tout va bien. Mes gencives serrent tellement mes dents que ma mâchoire risque de fendre.

Les numéros avec les lettres. Tant pis, j'en appelle un au hasard du téléphone public et je vois. Tiens, le S. S pour salaud, ou salope, on verra bien. Me dirige vers le téléphone public. Cherche le numéro apparaissant dans l'annuaire du cellulaire. 450-938... Cherche de la monnaie. Merde, rien que des billets. Hèle le serveur débordé. C'est la barmaid qui me répond en me faisant de grands signes. Signe de prendre le combiné. C'est pour moi. Ici, le téléphone public est lié à la ligne du bar. Quelqu'un tente de me joindre.

Enfin, Caro. Entends strictement rien dans le brouhaha. Presse le récepteur jusqu'à me faire saigner l'oreille. C'est elle. Goyette — Montréal — Jacques pas mort — Montréal — te voir. Énervé, je hurle à Caro :

— Viens-t'en, je comprends rien.

Soudain, un déclic et la voix de Caro me parvient, plus audible. Quelqu'un a raccroché quelque part. Quelqu'un qui n'est pas la barmaid.

— Recommence, là, c'est quoi l'affaire ?

Avec un peu d'impatience, elle répète en articulant bêtement, pendant que mon regard scanne l'endroit pour trouver l'autre téléphone :

— Jacques est pas mort, je répète : Jacques est pas mort. Il sort de l'hôpital avec Goyette et ils s'en viennent à Montréal. Ils veulent te rencontrer.

Jacques est pas mort. Ça rentre pas. Me le répète.

— Allô ? T'es encore là ? Shit !

La récupère par un « oui, oui » juste avant qu'elle ne raccroche, exaspérée.

— Écoute Caro, j'peux pas... j'peux pas les rencontrer. Y vont me tuer. Jacques va me tuer. Tu comprends pas. Je l'ai abandonné. J'veux dire...

Temps mort. Sais plus ce que je veux dire.

— Écoute-moi bien, là, François. Tu peux et tu vas... les rencontrer. Parce que tu me laisseras pas toute seule avec ces deux mongols-là chez nous, énervés comme ils sont. Tu vas faire face à la musique, mon gars. Y va pas te tuer, Jacques. Il veut te parler et, quelque part, je comprends ça. On va être là, moi et Goyette. On va faire les casques bleus.

— Ça fait pas grand-chose, un casque bleu, pour empêcher les morts à c'que j'sache.

— Ah! là tu m'énerves quand tu fais ton criss de bébé. Rencontre-le, c'est tout. Qu'on passe à d'autre chose. T'as vraiment rien à craindre si on est là.

L'ai quand même enfoncée dans cette histoire contre son gré.

— Où, quand?

Son soulagement s'entend même dans la caco-phonie ambiante. Ai récupéré une amie. Combien cela va-t-il me coûter? Aime mieux pas répondre. Chez elle vers une heure du matin, c'est non. Préfère un endroit public, bien éclairé.

— Non, La Banquise, à trois heures.

À trois heures du matin, un vendredi soir, ce snack bar ouvert vingt-quatre heures déborde d'une faune de fêtards éjectés des bars qui veulent prolon-ger leur nuit, séduire une rencontre de last call, ou encore éponger leur alcool avec une des trente mille sortes de poutines improbables au menu. Le terrain neutre par excellence, situé juste en face d'un poste de police.

— Ah oui, aussi, Caro, trouve-moi le numéro de téléphone de Jacques. C'est la dernière chose que je vais te demander.

Après avoir soupiré un ok, elle a raccroché. Le rendez-vous est peut-être un peu tard dans la nuit, mais c'est plus sûr. Que fait mon lascar. Aurais bien besoin de me repoudrer. En l'attendant, questionne la charmante barmaid au sujet du téléphone. Me répond que le troisième appareil est dans le bureau, au sous-sol. Mais qu'il n'y a personne. Non, je ne peux pas descendre pour vérifier, elle est désolée et retourne à ses nombreux clients. Guette la porte du sous-sol, afin de m'assurer que le Personne en question n'en sorte. On me tape sur l'épaule. C'est mon champion plein de tics nerveux à présent qui me revient. Il me glisse un sac dans la main en furetant de gauche à droite gros comme le bras. Cette fois, mon rire éclate. Trop con, ce type.

Décide de déguerpir. Pas coller là pour attendre. Vu que Caro connaît mon adresse et puis que sept heures en ligne dans l'établissement me semble aussi une bonne raison de changer d'air. Mon nouvel ami est triste de mon départ pendant quelques secondes, sans plus. Gageons qu'il a récupéré une part sur mes achats. Sors à l'extérieur. Marche vers Saint-Denis me trouver une autre brasserie où tuer le temps. Le retour de Jacques me glace. Me fabrique des répliques assassines.

LA BANQUISE FOND

— Ouh... t'as pas l'air bien, toi.

Caro est apparue la première dans mon champ de vision stratégique. Sur le bord de la fenêtre, table du fond. Coincé entre le mur et la vitrine. Rien dans mon dos, vision périphérique des gens qui entrent et de ceux qui attendent sur le trottoir. L'endroit est bondé comme prévu. Ai gardé la table pour quatre de peine et de misère en buvant des bières et en laissant refroidir le plus loin possible de moi l'agglutinement de sauce brune, petits pois, oignons, saucisses, fromage et frites. Pas le choix de commander de la bouffe pour donner le change. La serveuse bling-bling revenue quatre fois pour s'assurer que mes amis arrivaient.

— C'est l'éclairage.

— J'pense pas, non. T'as-tu fait de la coke, toi? T'es vert, mon François. Pis ta bouche va tout croche.

— Merci, Caro, j'ai juste la bouche sèche. C't'à cause des fantômes. Sont où ?

— Ils arrivent.

Elle me désigne du menton la porte d'entrée en s'asseyant à mes côtés. Elle me glisse dans la main un bout de papier plié en deux. Peut-être exagéré sur la médication en poudre. En les voyant arriver, le gramme sniffé en attendant l'heure fatidique se met à tourner à 78 tours dans mes veines. Plus sûr que mon cœur va tenir tout à coup. Sens la fissure dans le muscle. Goyette nous cherche des yeux. Caro lui fait signe. Voudrais m'éclipser aux toilettes. Mes tripes tiendront pas. Puis Jacques apparaît. Pas exactement une vision fantomatique classique. Le visage enflé, surtout les lèvres, le menton recouvert d'un bandage, joues striées de profondes lacérations, banane déconfite. Son regard qui me trouve est noir de noir. Ça contraste en vitalité avec son corps amoché, bras en bandoulière et démarche au ralenti. C'est Terminator. Le brouhaha environnant cesse dans mes oreilles. Reste juste un bourdonnement. Ils sont à la table. Jacques s'assoit directement en face de moi. En cow-boy. Le cul sur le bout de la chaise, le dos lentement appuyé au dossier, les jambes de jeans bien écartées de chaque côté, mains sur les genoux. Goyette me salue. Jacques me lâche pas des yeux. Il fait une grimace. Peut-être une volonté de sourire. Il me tient par les prunelles et ouvre d'un geste sa chemise à boutons pression. Bandage qui ceint sa cage thoracique. Sais pas quoi dire pour briser la glace devant cette démonstration. Goyette me sauve d'une voix un peu fluette. Jacques ne daigne même pas se reboutonner.

— Trois côtes cassées ! C'est rien, à l'hôpital ils disent qu'il a eu une commotion cérébrale. Mais on est parti quand même. Y voulaient le garder pour des tests.

— T'es fou, Jacques. C'est dangereux, une commotion.

Sonne comme ma mère.

« *T'es fou, Jacques. C'est dangereux, une commotion.* »

Il répète entre ses dents sur un air d'agace-pissette.

Là, exactement, on a huit ans dans la cour d'école. Lui, le fier à bras, moi, le midget. Ridicule. Il se reprend d'un ton plus grave qu'il veut rassurant. Se maîtrise, ça s'entend.

— Écoute. Caro m'a expliqué que t'avais rien à voir dans tout ça. C'est correct. Te crois. Donne-moi mon sac à dos pis on est quitte.

Son élocution est difficile. Tout le monde me regarde. Même la table d'à côté. Caro se porte à ma défense :

— Voyons Jacques, tu vas pas revenir avec ça ! J'te l'ai dit combien de fois que c'est la fille qui est partie avec !

— Ta gueule. Je veux l'entendre de sa bouche. Y va tout m'expliquer. (Ses lèvres fissurent en parlant, saignent légèrement.) Comment y s'est payé sa coke à soir, par exemple. Ça te sort des narines tellement tu t'es empiffré, mon cochon. (Il se pompe et sa respiration sille.) Qu'est-ce que vous avez décidé ensemble quand vous vous êtes débarrassés de moi tous les deux? Fifty-fifty? Ou comme j'te connais t'as laissé la plotte partir avec le gros bout? (Il approche sa chaise de moi.) Vous allez vous revoir, j'imagine. Un amour de même. Moi, ça serait la femme de ma vie, certain!

La conversation prend une mauvaise tangente. Il devient agressif. Je passe une main discrète sur mes narines avant d'attaquer:

— Jacques, premièrement, je suis désolé de ce qui t'est arrivé. Je savais pas que t'étais... (Pas le courage de prononcer le mot *vivant*.) Quand on a frappé la bête, je veux dire à l'accident, j'étais en état de choc. Mais le gars dans le Jeep en arrière avait une carabine enfoncée dans l'œil... (Caro gémit.) Me redonne un peu de confiance. Tu comprends? C'était comme un champ de bataille, mais pour vrai. J'ai juste connement sauvé ma peau. C'est con. C'est vrai. Mais vraiment, j'm'excuse. C'est une mauvaise réaction à cause du choc. Avoir su...

Me sens un peu mieux. C'est sorti. Il attend que je continue. Mais le morceau était déjà assez gros comme ça. Me suis excusé. Silence. Il médite.

— Frank, Frank, Frank. Tu comprends rien de rien, toi. Tu sais, Frank, à l'accident, comme tu dis, y avait rien sur la route: c'est elle qui a crissé les breaks. C't'une folle dangereuse, mon Frank. (Il se penche vers moi en baissant le ton.) Elle a essayé de me tuer. Elle savait très bien ce qu'elle faisait. J'étais le seul pas attaché dans ce char-là. Pis le windshield

venait d'exploser. Elle a pris un gros, gros risque.
Elle a provoqué l'accident en se croisant les doigts
de pas mourir. Mais c'est moi qu'elle cherchait à
tuer, Frank. À éjecter. La preuve ? Elle m'a volé et elle
m'a pas secouru quand j'étais sur l'asphalte. Non,
mon Frank. Fais pas cette tête-là. Elle s'est approchée de moi à moitié mort pis elle m'a craché dessus. C'est encore pire que non-assistance à personne
en danger. Tu trouves pas ? Et c'est bon pour toi aussi,
ça, mon Frank, non-assistance. T'es parti avec, t'as
même pas fait trois pas pour venir voir de quoi il en
retournait.

— Mais j'pensais qu't'étais mort. C'est ce qu'elle
m'avait dit.

— Tu vois, Frank, elle te ma-nu-pule. Toi, tu crois
tout c'qu'a' te dit. Comme un bon chien-chien. Mais
c'est pas une maîtresse pour toi, Frank.

— Appelle-moi pas Frank, c'est François, mon
nom.

La « discussion » semble avoir atteint un plateau.
La serveuse et ses mille bijoux choisit ce moment
pour pointer son carnet de commandes. Personne
ne réagit. Caro dit d'un souffle :

— Cinq bières, trois hot-dogs pis un cheese all
dressed.

Estomaqués par sa répartie, on se tourne tous
vers elle.

— Pis c'est tout' pour moi, ajoute-t-elle d'un ton
menaçant, proche de celui de Jacques.

Goyette éclate de rire. Ça détend leur moitié de table. Arrive presque à sourire. Mais Jacques me rattrape assez vite.

— Ok. Venons-en aux choses sérieuses. Il est où, mon sac, à cette minute ?

— C'est Francesca qui l'a.

Son sourcil intact se lève et reste épinglé sur son front en attendant la suite. Me décide à lui dire, au moins pour le magot.

— Elle a gardé le sac avec tout dedans. Elle m'a laissé un peu de liquide.

Il tend la main. Lui remets la liasse. Goyette siffle discrètement entre ses dents.

— Je sais pas si tu peux comprendre sa position, Jacques. Elle, elle a rien fait. On est débarqués dans la maison où elle était, on a tout pris, et en plus c'est elle qui nous aidait sans le savoir à sortir de là. Les Hell's ont pensé qu'elle était avec nous. C'est simple, elle allait sauver sa peau — et la mienne aussi en passant — en rendant ce qu'on a pris. En tentant de négocier avec eux pour pas qu'il y ait plus de sang versé.

— Hey ! Je capote là, Walt Disney ! QUELS HELL'S ?

Sa lèvre saigne pour de bon. Son hurlement nous a fait remarquer. Le gérant fait son apparition. Il nous demande si tout va bien. Que répondre. Oui et non, je serais tenté de dire. Il nous menace d'expulsion. Goyette montre patte blanche, explique qu'il y a eu un accident mais qu'on va manger et déguerpir tout de suite après. Il ne l'a pas convaincu et, aussi invraisemblable que cela puisse paraître, il me fait, à moi, le signe des mafieux. Index et majeur qui pointent ses yeux puis les miens : *je t'ai à l'œil.*

— On t'as tous à l'œil, mon Fran... çois, dit Jacques, calmé.

— Qu'est-ce que tu veux dire : *quels Hell's*?

La conversation a repris sur un ton presque mondain.

— Je veux dire : où t'as pris ça qu'on était chez des Hell's? Tu mélanges tout, man. C'est elle qui t'a dit ça?

— On était où d'abord?

— Chez son frère, mon pit.

Il prend un temps d'acteur pour apprécier l'impact de sa révélation.

— Son frère, c'est un gros producteur. Un gros fuckeur bien gras que je connais très bien. Il a peut-être des affiliations, comment ça pourrait être autrement. Anyway, y a des choses qui se brassent, mon Frank, que t'as pas besoin de savoir. Mais on était certainement pas chez les motards direct. Je suis pas total débile, au contraire de ce tu penses. L'affaire c'est que moi, en ce moment, j'ai besoin de ce sac-là, *bad*. Très *bad*. Et tu vas m'aider à le retrouver. Tu vas contacter ta belle et tu vas lui redemander ta part, en notre nom. Si tu veux, j'peux t'en laisser admettons un demi kilo. Tu revends au gramme, mon gars, c'est le jackpot.

L'impression nette qu'il me prend pour un débile léger. Ce que j'apprends me confond. Il le sait. Il fait le coq.

— Tu savais, alors, que je la retrouverais là?

— Je savais chez qui j'allais, pas qu'*elle* serait là.

— Pourquoi ils ont tiré sur la voiture, d'abord ?

— Qu'est-ce que tu veux que je réponde ? Je sais pas. À part ça, y tiraient plus dans les arbres que sur le char, j'te ferais remarquer.

— Pourquoi elle m'a aidé à me sauver ?

— Ça, Sherlock, c'est à toi de trouver. M'est avis que tu dois pas être loin de la réponse.

Il ne dit plus rien. On est tous épuisés par la tension que tout cela nous demande. Faut en finir. Besoin de réfléchir. Me lève de table en les rassurant :

— Je vais pisser, donnez-moi deux secondes, merde.

Sur ce, une sonnerie de téléphone. Jacques se tâte mais écarte les bras, signe qu'il n'est pas armé d'un cellulaire. Caro dit que ce n'est pas elle, se penche vers ma veste. Le sang se retire de mon visage. Elle sort le téléphone hurlant désagréablement le canon de Pachelbel. Pourquoi. Pourquoi j'ai pas laissé la vibration. Jacques s'empare de l'appareil. Son geste est plus vif que le mien, suis entravé par la table qui m'en sépare. C'est elle, c'est sûr.

— Tiens, tiens, t'as reçu un nouveau message... « 3 étage 1 rencontre à soir mem hre mini-fee », épelle-t-il. Mini-Fée, c'est *cute* ! Il est narquois. Bien, bien, on va se revoir. C'est où, c'est quand ?

— Ben, je sais pas... première rencontre... c'est au party, j'imagine... mais l'adresse... mais l'heure... sais-tu... le soleil se levait...

— L'adresse, tu dois bien t'en souvenir, tu t'es rendu, quand même.

— Heu... non... me suis rendu... en taxi avec des amis... Chez nous, peut-être que le flyer est encore là... Sûrement...

Ma tentative de gagner du temps est plutôt limpide. Il n'est pas dupe. Il accepte de jouer mon jeu.

— Bien, on va t'accompagner chez vous, alors. J'imagine que t'as hâte de la revoir. Moi aussi, je dois dire. Pierre, on va s'arrêter dans l'est, j'ai besoin de munitions.

— Quel genre de munitions ?

Les bières et la pile de hot-dogs arrivent. Ma question inquiète reste lettre morte. Jacques se lève, prend une gorgée en grimaçant. Sonne notre départ en boutonnant sa chemise. Caro empoche son cheese et une bière. Goyette prend un hot-dog. M'en tend un. Le cœur va me sortir par la bouche. Le fourre au fond de ma veste. Nous nous dirigeons vers la caisse. Le gérant nous suit du coin de l'œil. Plusieurs personnes attendent dans l'entrée pour obtenir une table.

Caro dit qu'elle n'a pas une cenne sur elle. Goyette fait mine de fouiller son portefeuille. Mais Jacques — qui se soutient à mon bras plus pour me garder près de lui que par réel besoin d'ailleurs — lance en grand seigneur :

— Mais non ! C'est la tournée de François !

En agitant l'énorme rouleau de billets verts retenu par un élastique. Il doit me quitter pour se rendre à la caisse mais fait signe de la tête à Goyette de s'approcher de moi.

Ça me laisse quinze secondes pour prendre une décision. Sortir, courir ? Non. Goyette serait plus rapide que moi. Et il semble avoir choisi son camp, celui-là. Me tourne vers Caro, désespéré. Elle me fait un clin d'œil en pointant la vitrine. Un autobus bleu et blanc arrive. Elle me saisit la main au moment où mon corps fait demi-tour, me glisse une pièce de deux dollars. Le relais débute là. Fonce dans la foule pour atteindre la porte. Sur le trottoir, cinquante mètres haie pour atteindre le poteau où le véhicule pachyderme est déjà arrêté. Jacques hurle à l'intérieur. Je pose ma main sur le cadre de la porte au moment où le chauffeur s'apprête à la refermer. Entre. Le bus décolle lentement. Résonne le coup de poing de Goyette sur la tôle. Fais tinter ma pièce. Le chauffeur, laconique :

— C'est deux et soixante-quinze.

Merde. Plus un rond.

— Débarquez-moi au parc La Fontaine.

Deux arrêts pour deux dollars, c'est bien assez payé. Il me regarde par-dessus ses demi-lunettes et fronce les sourcils. Ma tête lui revient pas à lui non plus. M'assois sur la banquette immédiatement à l'entrée aux côtés d'une jeune punkette qui transporte dans un sac de cuir un bébé bulldog. Me concentre sur la bête joyeusement baveuse en reprenant mon souffle. Ne tiens pas à regarder en arrière. Prépare ma prochaine course imminente. Dieu que c'est laid, un bulldog. Même jeune. Approche ma main de l'animal, qui la lèche spontanément, me laissant de longs filets dégoûtants. Sa propriétaire s'attendrit.

— Il fait jamais ça aux étrangers.

Je dois avoir quelque chose de spécial. Peut-être simplement l'odeur salée de ma sueur chimique, me dis. Elle sort une laisse noire à têtes de morts. On félicite l'industrie de la mode pour son esprit de récupération. Elle se lève. Le parc. Me colle derrière elle, tremblant, à demi courbé pour ne pas découper ma silhouette. Les portes s'ouvrent. En bon Rambo, me roule dans l'herbe avant de courir, accroupi, vers l'aire de jeu pour enfants où je m'élance pour me coucher à plat dans le buisson qui le borde. Le chien jappe. Elle l'a retenu. Risque un œil vers l'arrêt à quelques pieds plus loin, éclairé par une douche de lumière orangée. Elle y est toujours à tenter d'attacher l'animal qui trépigne pour venir me rejoindre. Les pneus de la Bonneville de Goyette crissent en s'immobilisant à sa hauteur. Elle se penche vers la portière en maîtrisant son toutou joufflu. Parle avec eux. Pointe l'autobus dont les lumières rouges sont visibles plus loin à l'angle de Papineau. Ils repartent illico.

Sauvé. Sauvé par une lichée de bulldog. Le chien tire sa maîtresse jusqu'à moi. Me relève pour remercier mes protecteurs. La bête saute de ses courtes pattes vers ma poche, cet enfoiré. Sors le hot-dog écrasé. Jette un regard à la jeune mère pour qu'elle approuve le menu. Trop tard : il en a englouti la moitié en frôlant mes jointures.

— Il l'avait mérité, je dis pour l'excuser.

Elle rit. Un rire joyeux, sans soucis. Qui contraste.

— Merci.

Jamais été aussi sincère.

— C'est rien. Salut !

Me retourne pour m'enfoncer dans les zones moins éclairées du parc. Entends un :

— Bonne chance !

Merci. Merci.

PARC LA FONTAINE

JE FAIS un grand détour ou bien je me ferme les yeux.

La peur. La peur fait son chemin dans mon corps. Tétanise. Durcit le mollet, raccourcit le souffle, malaxe le tube digestif, cimente la gorge, assèche les papilles, glace les doigts, tyrannise les pensées. Course insensée. Pourquoi la peur. Comme une goutte de mercure. Dès qu'on l'identifie, elle s'enfuit, se subdivise, se loge ailleurs dans d'autres endroits secrets. Microscopique, elle se métabolise, se manifeste toujours autrement.

Réalise maintenant le ridicule de mes anciennes peurs. Peur de ne pas avoir de quelconque talent, un talent quelconque, peur de foncer, peur d'aimer, d'être aimé, peur de décevoir, peur que mon imposture au monde soit révélée, peur d'avoir mal, de voyager, peur de l'inconnu, d'être pris au piège, peur de ne pas comprendre, de ne pas savoir faire, de monter sur scène, peur d'être vain, peur de manquer le bateau, peur de l'ennui. Les craquements de mon ego, tout simplement. Cette possibilité d'échec, la défaillance de mon système. La fissuration du monde, de cette vision englobante et rassurante où l'univers fait corps avec le nous. Bou-hou. Loin, le ventre de ma mère.

Mais cette peur-ci. Issue d'un autre germe. Immémoriale. La peur des traîtres, des traqués, des enfants abandonnés. Même assis sous le pauvre Félix, statufié en héros dans sa cage de cuivre, je tremble, ma respiration reste saccadée. La musique s'est tue autour de lui. Lui ont pas laissé sa guitare. On cherche des héros pour porter des drapeaux. Quelqu'un qui n'aurait pas peur. Utopie rassurante. Les morts, c'est pratique ; n'ont plus peur, eux, c'est vrai. On leur bâtit des cuirasses. Ils font de bons perchoirs aux oiseaux indifférents.

Tromper la peur. Passer à l'action. Vaincre le cerveau qui paralyse les membres. Premier symptôme du poison injecté par la peur. La torpeur, cette envie irrésistible de se coucher là, de dormir le reste de notre éternité. Pas avec un gramme de cocaïne dans le sang, mon garçon. Pas pris entre deux feux. Pas au milieu de la tranchée.

Le papier chiffonné tombe de lui-même sur le sol. 819 345-... Jacques était bien dans le répertoire de son cellulaire à *elle*. Sous le J. Qu'est-ce qu'ils me font ? À quoi ils jouent ? Les paupières tressaillent. Soubresauts des épaules. Envie de les laisser entre eux, s'entretuer en paix. Retourner à mon appartement. À mes bas éparpillés sur le plancher. À ma guitare. Mais ils y sont peut-être à chercher un hypothétique carton avec cette adresse-là : 475 Prince. Première rencontre, même heure. Troisième étage. L'escalier de secours. Le lieu de son apparition. *Je vais avoir besoin de toi.* Toute petite voix qui murmure. Qui réchauffe lentement mes vaisseaux sanguins.

On n'obtient jamais un destin sur mesure, exactement comme on l'avait rêvé. Faut toujours que ça fasse un peu mal. Le cadavre de pigeon que je fixais des yeux se met à bouger. En le touillant d'une branche morte, je libère les dizaines de vers blancs qui grouillent sous ses ailes. Les mouches vertes. N'avais pas remarqué les soixante-quinze mouches vertes qui lui tournaient autour. Qu'est-ce que ça veut dire. Mauvais présage.

Lève-toi et marche. Te reste le béton et les néons du centre-ville désert à traverser pour la joindre et l'avertir. La rejoindre. Au moins l'avertir. Respire. Même pas peur. Félix te sourit de ses dents pas encore vertes.

RETOUR EN ARRIÈRE

LES TROTTOIRS retombent dans la pénombre. Les bâtiments dans le délabrement. Quartier ouvrier vivotant son oubli en attendant les grands projets. Griffin Town. Pas vraiment une ville. Un quartier à peine. Coincé entre le port et un boulevard. Imprimeries, usines, ébénistes, résidants résistants, galerie d'art égarée et pas un seul dépanneur. La soif monte. Chaude dans les lèvres brûlantes. King, Queen, Prince. Les noms des rues annoncent une flush royale pour perdants magnifiques. Le reste de la main ne se concrétise pas.

Prince.

Un jour il viendra.

Me voici.

475.

L'entrée est scellée par des rubans jaune fluo. La police ne sonne jamais deux fois. Moi, si. M'y revoici.

La ruelle, l'escalier de secours, le colimaçon de métal noir.

Pose le pied sur la première marche. Mouvement furtif derrière moi. Rien. Un écureuil, un rat, ma peur. Le troisième étage est plongé dans le noir total. Escalade le plus discrètement possible avec une charge d'adrénaline maximale. La porte lourde coincée par un manche à balai. Sorte de bienvenue sous-entendue. Noir silencieux. Chaleur intense du troisième étage un soir d'été. Quelques mouvements de poussières provoqués par le souffle de la porte ouverte. Tâtonne le briquet. Un corridor, gauche ou droite?

— Francesca?

Ma voix ne porte pas, pleutre. Comme si des justiciers masqués allaient surgir et me saisir. À droite. La flamme du briquet vacille, découpe la saleté des murs. Les monceaux de plâtre sur le sol. Pas trop envie de jouer à cache-cache. M'arrête dans l'embrasure de la porte. Devine une pièce immense, récemment saccagée. Les tables les plus proches renversées, des halos sombres de liquides répandus sur le sol, du verre éclaté, des pots étiquetés gisant, vides.

— T'es seul?

La voix, étonnamment proche, quelques pieds plus loin dans le noir. Vise du briquet. Au mur juste en face. Le mirage d'un canon pointé dans l'obscurité.

— Oui.

Temps. Qui fera les premiers pas? Le pouce brûlé se retire. Noir. Quelques clics infructueux pour rallumer. Merde. C'est elle qui dégaine cette fois. Halo de sa flashlight sur le sol. Rassemble mon courage éparpillé à l'entrée.

— Écoute, je suis venu te dire...

— Viens. Reste pas là.

Me coupe la parole. D'accord. Elle éclaire devant et traverse lentement l'énorme entrepôt dramatiquement démoli. S'assure que je suive sans encombre. Ma curiosité pour l'endroit freine mon rythme.

— Oui, une authentique ancienne fabrique de speed, dit-elle sur un ton de guide touristique.

— Ah, oui ? Je me disais aussi. Et qu'est-ce qui est arrivé ?

— J'ai appelé la police.

La réponse me scie. Cette fille m'hallucine. Elle me fait passer sous un rideau de drap épais accroché à ce qui devait être un cadre de porte. Me fait découvrir une petite pièce éclairée à la chandelle. Un futon nu un peu taché, un réchaud à gaz de camping, un sac de sport jaune, deux fenêtres grandes ouvertes mais d'où n'entre aucun souffle rafraîchissant. Une alcôve punk aux murs rouges. Presque cosy, avec l'éclairage.

— Alors la descente, l'autre matin, ils cherchaient cet étage-ci en fait ? Et tu vas me dire que c'était à cause de toi, si je te suis bien ?

— Oui. Tu comprends vite quand on t'explique lentement !

Son ironie m'irrite. Pourquoi revenir ici alors. M'approche du lit, seul endroit pour se poser. Un éclair vrille mes tempes. Violent mal de bloc instantané qui me force à m'asseoir. Serre d'instinct mon crâne de mes deux paumes pour toucher la douleur intérieure, si forte qu'elle semble à fleur de peau.

— Écoute. Suis juste venu te dire que Jacques s'en vient. Qu'il est pas mal crinqué. Il veut ravoir son sac. C'est tout. Rien à foutre de savoir ce que vous trafiquez entre vous. J'ai fait mon devoir, t'avais besoin de moi, je suis venu t'aider, te le dire, t'avertir, pis je vais y aller. C'est tout.

J'articule entre les dents. La pression dans les veines trop forte. Mon désintérêt est réel.

— Ça va ? T'as mal à la tête ? J'allais justement me faire du thé, attends. Ça peut t'aider.

M'écoute pas ou quoi ? Elle empoigne effectivement une bouilloire posée à côté du réchaud, écarte le drap pour sortir.

— TU COMPRENDS-TU C'QUE J'DIS ? JACQUES ARRIVE POUR FAIRE UN CARNAGE PIS TOI TU VEUX ME... faire du thé ?

Moins mal quand je hurle il me semble.

— Attends.

Elle disparaît derrière le rideau. Plus loin, j'entends un robinet éructer, cracher son eau en toussant. Elle remplit quand même cette satanée bouilloire. À tête de cochon, tête de cochon et demie. Le drap s'entrouvre, me découvre en position fœtale sur le matelas. Ça va aller. Juste reposer ma tête qui cogne. Elle gratte une allumette derrière moi. Le flot continu, puis le *oumf* caractéristique de l'ignition du gaz. Elle s'assied à mes côtés. Me pose un linge humide sur le front. Que j'accepte. Elle s'adresse à moi d'une voix douce.

— Je le sais que Jacques s'en vient. Je l'attends. Même que j'y réserve un chien de ma chienne à celui-là. T'as le temps de te reposer un peu puis de t'en aller avant... Je pensais pas que tu te pointerais quand même.

Reste coi. Elle continue comme une berceuse.

— Je suis désolée que tu sois mêlé à ça. Ç'a rien à voir avec toi. T'as l'air d'un bon gars. Quand j't'ai vu chez mon frère...

— Alors c'est vrai? Mais qu'est-ce qu'il fait, ton frère? À quoi vous jouez?

Pâteuse et ralentie, ma voix ramollit.

— On joue pas, cher. Et disons que c'est pas une affaire de drogue comme tu penses non plus. Pas *à cause* de la drogue en tout cas. C'est dur à expliquer. Mon frère m'aide à me sortir de certaines affaires. C'est pour vivre la tête haute, je dirais. Oui, la dignité. Je sais, ça peut sembler ridicule, ça veut plus vraiment dire grand-chose. Vivre la tête haute...

La bouilloire siffle sur son charabia monologué. Elle se lève. Farfouille dans le sac de sport. Me tourne pour la regarder en jouant avec ma compresse improvisée. Elle trouve finalement un sac de plastique contenant de petites boules d'un vert foncé. Les dépose dans un gobelet. Verse l'eau. Ma geisha me sert une tasse de liquide chaud. Me la tend.

— Le cash. Juste le cash. Le monde vit juste pour ça on dirait. Serait prêt à faire n'importe quoi pour le cash maintenant. Même juste pour mille piasses. Jacques, c'est un peu ça son problème à lui aussi. Il voit pas plus loin que ça. Mais là, on en a assez de lui dans nos pattes. Il a pas retenu sa leçon. Un vrai serpent. Pire, un mouchard à deux faces, un traître. Il déplace des pions sans savoir où il s'en va. Pour le cash, toujours... Après ce qui s'est passé hier soir, on va faire en sorte qu'il ne fasse pas basculer la partie... il l'emportera pas au paradis.

Le silence. Simple entre nous. Une intimité naturelle. A-t-elle l'intention de me tuer moi aussi ? Le thé me ramène un peu de vie, on dirait. Pas une migraine paralysante. Juste un affreux mal de tête qui pompe tout mon sang au centre de mon front.

— Il est où alors, ton fameux frère ?

Me pose un coude sur le matelas.

— Juste derrière Jacques. T'inquiète pas.

— Je m'inquiète pas.

C'est sorti trop vite. Un enfant en déni qui marche dans le noir derrière son ami téméraire. Elle retourne au sac de sport. En tire le revolver que je connais. Sort le chargeur. Le pose sur le sol. Démonte et nettoie son arme. N'ai jamais eu vraiment d'opinion sur le sujet. Cette fois c'est clair : les armes, ça me dégoûte. Me rassois lentement en ne quittant pas son manège des yeux. M'apprête à partir. Vais pas attendre que le pistolet soit fonctionnel. Elle est habile. Attentionnée. Ses gestes précis, rapides, assurés. On sent l'expérience. Le soldat. Le flic ?

— Donc c'est vrai, ce que dis Jacques ? C'était pas un accident, c'est lui que t'as voulu tuer sur la route. C'est par là que ça passe, pour toi, la dignité ?

Elle stoppe ses manœuvres, éclate de rire. Se ressaisit rapidement devant mon visage fermé.

— Non, voyons donc ! C'était un accident. Vrai de vrai. J'ai frappé un chevreuil. Et pour Jacques, tu sauras que c'est moi qui ai appelé l'ambulance. Le chauffeur du Jeep est mort, lui. Mort, tu comprends ça ? Je les ai accompagnés à l'hôpital. Puis j'ai vu Jacques sortir avec son ami. Je savais qu'il te retrouverait, je l'ai suivi. Drôle, non ? La souris qui suit le chat...

— T'es pas comme je pensais.

Pas si chirurgicale. Pas si terre à terre. Présomptueuse et violente. Ma déception s'entend plus que prévu. Elle encaisse. Un coup en bas de la ceinture.

— Normal, tu m'inventais...

Et vlan. Vraiment ? Son regard trempé dans un métal refroidi par l'apprentissage de la douleur.

— Et, oui, si tu veux savoir, parfois la dignité passe par la mort.

Elle retire son t-shirt d'un coup. Sa poitrine est déchirée de haut en bas par une cicatrice, deux ou trois centimètres en largeur, qui zigzague jusqu'au nombril. Elle suit mon regard presque étonné. Les seins sont intacts, petits, ronds, parfaits. Fourrage dans le sac à surprise sans se presser. En ressort sa robe jaune soleil. Bouge plus. Rare moment de perfection. Mon fantasme ressurgit avec un mètre de coton froissé, taché, porteur de toutes les promesses. Elle m'allume ou quoi ?

La pointe de mes pieds frappe le plancher pour la contenance. Vais m'en aller. De toute façon. Vrai que toute cette histoire est une invention. Vais retourner à ma vraie vie. Celle où les filles ne nettoient pas

des armes dans des entrepôts saccagés. Celle où on
dort tranquille après avoir bien bu, les bras en croix,
avec ou sans fille à côté, en ronflant du sommeil du
juste Cro-Magnon.

Me lève. Elle a retiré son pantalon de sous la robe.
Il gît sur le plancher. Désarticulé avec la culotte
offerte *on top*. Non. Désolé, vais m'en aller. Maintenant. Approche le cadre de porte. Elle se tient devant
moi, à deux pas. Elle comprend, ne laisse rien paraître de sa déception. Prend une attitude digne,
compréhensive, retenue. Trouve pas de mot à enfi-
ler pour lui dire adieu. Me lance dans une ébauche
d'esquive qui colle pas cette fois.

— On va se revoir... je...

Je s'arrête là. Mon cou, penché vers mes souliers
pour mentir, est inondé par l'eau froide qui coule
sur ma nuque, se déverse en flot continu. La douche
glaciale glisse le long de mon échine. Mouille ma
chemise. Coule sous le coton, direct sur la peau. Elle
s'est approchée de quelques centimètres à mon insu,
et elle dévide sur moi le contenu de son litre d'eau.
Elle soutient mon regard pendant qu'elle achève de
me détremper. N'ai pas bougé d'un poil. Absorbe le
moment. Le regard vissé sur ses yeux avides.

— C'est quoi ton nom ?

L'agression se transmute en appel.

— François.

Mouillé comme un chien, François.

— Je veux juste baiser une dernière fois.

Elle est mi-sérieuse.

Comment résister ? Pose mes mains sur ses hanches pour l'attirer à moi. Mes doigts se crispent sur le tissu. Plaquent l'os violemment sur mon bassin. Nos bouches se retrouvent. Je mords dedans. Chienne. Chienne. Mes mains malaxent ses fesses sans retenue. Passent sous la jupe. Enfin. Tordent les lèvres palpitantes. Elle remue sans se dégager. Envie de faire mal, tellement mal. La plaque au mur d'un mouvement qu'elle ne pare pas. Cette violence insoupçonnée qui se déclenche me fait trembler de pied en cap. La mords à nouveau. Attrape la queue du lézard entre mes dents. Ses ongles enfoncés dans ma gorge me forcent à lâcher prise. Lèche la morsure. Enfonce d'un seul mouvement deux doigts au creux de son sexe. Sa cuisse relevée, la jambe qui serre ma taille. Lui empoigne la tignasse. Son pied redescend docilement au sol. Les langues se fondent au fond de nos gorges. Ses mains jouent avec la boucle de ma ceinture. La font glisser hors des sangles. Claque dans l'air.

Son bassin continue de battre la cadence imposée par mes doigts. Elle n'émet aucun son. Pas comme les autres filles, les bruyantes, simulacres de mouettes autour d'un hamburger. Sa bouche se pose sur ma poitrine. Poursuit les gouttelettes d'eau sur mon corps. La chemise tombe à mes pieds. Lui retire sa robe. Elle défait mon pantalon. Nu, me jette sur elle. Le contact de la peau. Une seule peau. Une seule chaleur. Ma queue bat juste sous ses lèvres. À la porte du plaisir. Pénètre sans retenue. Une seule chair. Mouillée. La baise avec vigueur, un brin de rage, elle répond, accélère le rythme, jusqu'à nous faire basculer par terre. La retourne pour la prendre à quatre pattes. Crache sur son anus offert. Que je vais m'offrir. Ne pas exploser. Et puis non, choisis la prudence, lui caresse plutôt la fleur rose de mon pouce pendant la pénétration. Mon impatience serait fatale.

D'un coup de pied, elle s'éloigne brutalement de moi. Mon sexe palpite dans le vide. Elle m'attire à elle en me passant la ceinture au cou.

— On joue ?

Ne sais pas trop que répondre. Sûrement. Elle me couche sur le lit en tirant sur la laisse coulissante qu'elle tient fermement. Son talon s'appuie sur mes côtes. Me tiens tranquille pour la détailler, me régale des cuisses luisantes aux muscles bandés, couronnées d'un sexe odorant qui me rend fou. Elle pose un genou de chaque côté de mes hanches, tient d'une main la ceinture de cuir dont elle accentue l'étranglement légèrement. Sa main libre empoigne la chandelle. La pièce vacille. Son sexe effleure mon gland. Ses gestes sont lents. L'attente me tue. Vite. Encore. Maintenant. Au moment où elle s'assied sur moi, la cire chaude éclabousse mon sein. Me cabre. Elle resserre. Me chevauche. Recommence son petit jeu sur l'autre mamelon cette fois. La douleur vive s'efface dans le plaisir. Elle se déchaîne. Ma pomme d'Adam va se fendre. Ma main bat le plancher puisqu'elle refuse de desserrer l'étau. Le revolver sous la paume. Le pointe sur sa poitrine : on joue ? Elle ouvre les yeux au contact du métal froid. Sourit. Continue lentement à bouger sur moi. Ses dreads effleurent ma joue.

— Avec le cran de sûreté tu risques pas grand-chose. Vas-y, enlève-le.

Elle me nargue. Ne m'en croit pas capable. Rien à perdre. Suis déjà au paradis. Envolé, le mal de crâne. Envolés, les scrupules, Jacques, le cash, la guerre, ma neutralité. Qu'il vienne. Que je vienne avec elle pour le reste de la nuit. Ce qu'il en reste.

Elle a recommencé son frénétique va et vient. Je retire le cran. Elle empoigne la crosse pour éloigner sa poitrine. Son gémissement retentit enfin. Le canon détaille ses courbes. La montée de son excitation me provoque. Le revolver passe dans sa main. Le pointe sur mon visage pour me faire exploser à mon tour. Ferme les yeux. La jouissance monte. Irréversible. Son halètement sourd me guide. Le collier serre. Trop. Trop. Vais suffoquer pour vrai. Ma main. En voulant libérer ma gorge. Ma main frappe brusquement son poignet. Sa main. Son doigt. Sur la gachette. Merde.

Noir.

POLAROÏD SANGLANT

DANS TROIS.

Au fond du lit, une masse informe de tissu avec un pied tortueux qui en sort. Un pied velu qui repose sur la toile du matelas défoncé. Plus de tête.

À quelques centimètres, lovée sur le plâtre rouge bœuf, une bête nue souffre en silence. Difficile d'y croire. Difficile à présent d'imaginer ces deux corps embrasés plus tôt dans la nuit, glissant, luisant, gémissant sourdement l'un sur l'autre. Brise. Par la fenêtre grande ouverte, un souffle tiédasse se fraie un chemin. Mouvement.

Dans deux.

Comme un chien qui veille, le cartilage de l'oreille, présentée au plafond, s'est imperceptiblement déplacé. Deux étages plus bas, cliquetis de métal répercuté dans la ruelle. Son rebondissant à l'intérieur du rectangle de tôle, entré direct comme une balle dans la chambre. Simultanéité. Le globe glisse sous la paupière. Les muscles sont en éveil. Tension immobile. La bête nue épie. De nouveau le son. Différent. Plus net ?

Dans un.

Elle s'est retournée. Sans contact avec le tissu, pas de bruit. Le visage fermé. Englouti dans l'écoute. La main glisse sur le lit poisseux, rejoint le coin supérieur du matelas. La main revient, suspendue au-dessus du ventre strié d'une longue cicatrice. L'air à peine déplacé, derrière le cadre de la porte. Le souffle pressenti.

Zéro.

Polaroïd sanglant, instantané mortel. Jacques est apparu dans l'embrasure. Il a volé en morceaux. La bête a crié de rage en déchargeant, à peine rajusté son tir plus bas pour atteindre le tronc lorsqu'il s'est engagé dans le cadre de la porte. A touché la carotide par hasard. Le claquement des coups résonnent encore. *Good morning America.* Jacques, serein dans la mare de son sang noir. Francesca l'approche, promène la main sur un mollet encore tressaillant. Ramasse une douille. Elle est partie, en laissant derrière elle un tableau d'une inquiétante sérénité.

Montréal, septembre 2008

À ma mémoire de François Keel.
Et aussi à vous, les gars, merci Éric, Benoît, Luc, Michel.

DÉJÀ PARUS

Cet ouvrage a été achevé d'imprimer en janvier 2009
sur les presses de Transcontinental Métrolitho